x 島 夏美
x 高砂 景

×CHARACTER×
×白鳥 早紀
×田代 初

× CONTENTS ×

監禁王

❷

マサイ

第五章　羽田真咲《はねだまさき》を彼女にする。

恋は突然落ちるもの

僕のことを怪しんでいた女刑事——寺島涼子は、リリたちによる壮絶な調教の末に、僕の従順な奴隷へと堕ちた。

僕が彼女の洗脳に関与したのは、本当に最後だけ。

総仕上げとして、彼女を背後から激しく犯した。ただそれだけだ。

背後からの濃厚極まりないセックスをぶちかました後、僕は『バスルーム』を創り出して、そこに惚《ほう》けきった彼女を連れ込む。

これまで特に使う機会もなかった機能——『バスルーム設置』。

レベルが低かったせいか、創り出せたのはごくごく普通の一般家庭サイズのバスルーム。浴槽は、どうにか二人が一緒に入れるという程度の代物でしかない。

だが、これはこれで新婚夫婦みたいな気分を味わえて悪くはなかった。

寺島刑事……いや、もう僕の奴隷なのだから涼子で良いだろう。僕は彼女に命じて、身体の隅から隅まで綺麗に洗わせることにした。もちろん、お約束通りに泡塗《まみ》れのおっぱいを使ってである。

それなりに大きな胸にくびれた腰、よく見ればお腹はうっすらと六つに割れている。彼女は、刑事にしておくには勿体《もったい》ない、見事なプロポーションの持ち主だった。

そんな美人刑事にソープ嬢まがいのことをさせておいて、僕のきかん棒が大人しくしていられるわけがない。

彼女の柔らかな肌がヌルリと僕の身体を撫で上げる度に、言葉にし難《がた》いほどの欲望が僕の股間を滾《たぎ》らせていく。

結局、もう一度彼女の膣内《なか》にたっぷり精液を注ぎ込んだ後、僕は彼女の豊かな胸を弄《もてあそ》びながら、背後から抱きかかえるようにして湯船に浸《つ》かった。

それにしても彼女は従順そのもの。嫌がるような素振りはなく、むしろ僕に奉仕できることが嬉しくて堪《たま》らないという雰囲気である。僕を見る目は愛情に溢れていて、漫画ならきっと、瞳の中にハートマークを描かれていることだろう。

リリは、彼女の価値観の中心が僕に置き換わった。僕に抱かれること、僕に奉仕することが、彼女にとって一番大事なことになったのだと、そう言っていた。

それって、どういう心理状態なんだろうか？

「涼子にとって、僕ってどんな存在？」

「全てです」

まったく悩む素振りも見せず、むしろ食い気味にそんな答えが返ってくる。

「えっと……恋人はいるの？」

「あ、あんっ……再来月結婚する、あっ……予定の婚約者がおりました」

「おりました？」

「はい、ご主人さまに比べれば、んふっ、あんっ……虫けらも同然の男ですから。二度と会う気もありませんっ、あ、あっ……」

彼女は、リングピアスに貫かれた乳首をくじられる度に、鼻にかかったような甘い吐息を漏らしながら応じる。

(寝取ったってことになるんだろうなぁ、これ……)

彼女をそのまま解放するわけにはいかなかったとはいえ、その婚約者さんにはなんの恨みもない。今さらだとは思うけれど、正直、申しわけないような気がした。

「で、涼子はこれからどうするの？」

「あ、あんっ……も、もちろんお傍におります。ご主人さまの性欲の赴《おもむ》くままにお使いいただき、もしお許しいただけるなら、いつかご主人さまの赤ちゃんを産ませていただきたいと……」

「あはは、そ、そう……」

さんざん膣内《なか》に出しておきながら、そこで引くのもどうかとは思うけれど、あらためて言葉にされるとやっぱり重い。重いものは重い。

(どっちにしろ今、失踪させるわけにはいかないよな……)

僕を張り込んでいた刑事が突然、行方不明になったとしたら、僕が連続誘拐事件の容疑者リスト、そのトップに躍り出ることになるだろう。

この『部屋を創り出す能力』のことがバレるとは思わないけれど、それはそれでいろいろ面倒なことになるのは想像に難くない。

「ねぇ、涼子。しばらくの間は、これまで通りに生活してもらえるかな。で、刑事の立場を活用して、僕の役に立ってもらえると助かるんだけど……」

「ご主人さまがそれを望まれるのであれば……」

彼女は、いかにも残念そうな顔をする。

その表情が可愛くて可愛くて、ついついもう一度彼女を抱いてしまった。

×××

朝っぱらから、合計三度のセックス。

そんなことをしていれば当然、家を出るのも遅くなる。

魔界の栄養ドリンクをひと舐めして体力を回復し、全力疾走の末に教室に飛び込んだのは担任のゴリ岡《おか》が教卓の前に立つのとほぼ同時、タッチの差でギリギリホームルームに間に合った。

真咲ちゃんを監禁したその翌朝なだけに、それなりに緊張はしていたのだけれど、出席を取る段階で「羽田は休みか？　珍しいな」と、ゴリ岡が首を傾げた以外には、彼女の失踪について言及されることはなかった。

どうやら、彼女がいなくなったことについて、学校にはまだなんの連絡もないらしい。もしかしたら彼女の家族も、失踪したことにまだ気づいていないのかもしれない。

ホームルームが終わるとすぐに、藤原《ふじわら》さんが僕の机の傍へとやってきた。

彼女は、いつものように飛びついてくるわけでもなく、どこか不安げな面持ちでおずおずと話しかけてくる。

「あの……ふーみん。その、大丈夫？」

「何が？」

「何がって……その……真咲っちのこと」

僕は、ちらりと周囲の様子を窺う。

誰かが聞き耳を立てているような雰囲気はないけれど、今、真咲ちゃんと関係のある話をされるのは正直ありがたくない。

「別になんとも思ってないけど……どっちにしろ、藤原さんには関係ない話だよね」

僕がぶっきらぼうにそう口にした途端、彼女はものすごい目つきで僕を睨《にら》みつけてきた。

「へ……へぇ、そうなんだ。そう思ってるんだ？」

「なんだよ」

「あ、あーしがこんなに心配してるのに、関係ないとか言っちゃう人なんだ、ふーみんって。へー、そう……そうなんだ」

彼女の眉、その端がピクピクと震えている。

「事実だろ？　僕と藤原さんはただのクラスメイト。それ以上でもなければ、それ以下でもないよね？」

僕がそう口にした途端、彼女は悔しげにぎゅっと唇を噛み締めると、押し殺したような声で、「お昼休み、屋上に来て……」、そう言って自分の席に戻っていった。

×××

「おう、寺島。どうだった？　あの木島って男子は」

私が署に顔を出すと、猪本《いのもと》先輩がそう言って肩を叩いてきた。

汚い手で触れないでほしい。この身体はもう、ご主人さまのモノなのだから。

声に出そうになる不愉快さを押し止《とど》めて、私は愛想笑いを浮かべる。

「私の思い違いだったみたいです。昨晩、彼にはなんの動きもありませんでした」

「まあ、そうだろうな。だが、まだ一日終わっただけだろう？　今晩は俺が張り込むから」

「はい、よろしくお願いします」

ご主人さまには今晩、このゴリラが張り込むことをお伝えしてある。何も問題はない。

羽田真咲という少女について捜索願いは出されていないようだが、彼女が誘拐された時、ご主人さまは家にいたのだと、張り込んでいた刑事の私が証明すればアリバイとしては盤石《ばんじゃく》だ。

さっそくご主人さまのお役に立てるのだと思うと、心が弾むような気がした。

「それより……木島の言っていた照屋光《てるやひかり》って女子なんだが、どうもそちらのほうが本命になりそうだ」

「何かわかったんですか？」

「ああ、彼女の姉は、売春斡旋で一度補導されている」

「それはまた……」

「しかもその姉は結婚して、現在の姓は神島……」

「神島？」

「そうだ。神島組の組長、神島竜吉《りゅうきち》の一人息子、神島竜一《りゅういち》の妻だ」

「神島組って、あの少女売春の？」

「そうだ、売春斡旋容疑で捜査中の例の組だ。どうやら点と点が線で繋がってきたみたいだな」

(大ハズレ！　何一つ繋がってませーん！　ばーか！　ばーか！)

私は、胸のうちで「べーっ」と舌を出す。あまりの馬鹿馬鹿しさに思わず笑みが零《こぼ》れる。だがこのバカゴリラは、その笑みを違う意味で受け取ってくれたらしく、自分も微笑みながら大きく頷いた。

とはいえ、照屋姉妹はご主人さまの身代わりに丁度良さそうだ。上手く立ち回れば、もっとご主人さまのお役に立てるかもしれない。やはり私は、ご主人さまにお仕えするために生まれてきたのだ。

そう考えると、リングピアスに貫かれた乳首が酷くムズムズした。

✖✖✖

退屈極まりない古文の授業が終わって訪れた昼休み。

僕は藤原さんの呼び出しに応じて、大人しく屋上へと向かった。

面倒臭いとは思うけれど、無視して騒ぎ立てられるのはやはりマズい。泣かれるのか、文句を言われるのか。いずれにしろ面倒なことになったな、と……そう思った。

藤原さんも、とっとと監禁してしまうべきだろうかと考えもしたのだけれど、クラスメイトは既に僕と彼女をカップルと見なしている節がある。

距離が近くなり過ぎてしまっているだけに、迂闊《うかつ》に手を出せない。それに……しばらくは真咲ちゃんへの復讐で手一杯なのだ。彼女に構っている余裕などない。

屋上への扉を開けると、雲一つない青空が目に飛び込んでくる。

室外機の低い音、頬を撫でる生暖かい風を感じながら屋上に足を踏み入れると、ベンチの傍に立っていた藤原さんが、こちらへと目を向けた。

「……そこに座って」

彼女は僕の姿を目にすると、無表情のままに顎でベンチを指し示す。

(面倒臭そうだぞ……これは)

文句の一つも言われるのかと、身構えながらベンチに腰を下ろす僕。すると、彼女は整えるように小さく息を吐いて、スッと何かを差し出してきた。

「はい、お弁当」

「は？　……弁当？」

「そうだよ。ふーみんのために、あーしが作ったんだよ」

手渡されたのは意外にも、可愛らしい巾着袋に包まれたステンレスのお弁当箱だった。

「これでも反省したんだってば。ふーみんがあーしのかれぴっぴだってのは譲るつもりはないけど、ちょっと押しつけがましかったかなって……」

「……ちょっと？」

だが、僕のその問いかけは全く無視される。どうやら都合の悪いことは聞こえない仕様になっているらしい。

「ふーみんが真咲っちを好きなら、それはそれで仕方ないと思うんだよ、うん。恋って突然落ちるものだからね。あーしが『ふーみんマヂラブぅ、好き好き』って、なっちゃったのも突然だったし」

「……はぁ」

「だからね！　あーしもふーみんに大好きになってもらえるように頑張ることにしたの！　他の子に目移りしちゃうのはしょーがないとして、それでも、あーしのことをいっちばーん好き！　って言ってもらえるように頑張ることにしたんだよ」

なんとも健気な発言である。悪い男に引っかかって、都合の良い女として扱われるタイプの典型だろう。

だが、僕は手元の弁当に目を落として、もっと別のことを考えていた。

(こいつ、まさかメシマズキャラの属性までつける気じゃ……)

黒ギャルで、暗い過去があって、いじめっ子で、いじめられっ子で、お漏らしっ子で、お嬢さまで、アホの子と……彼女は既に、属性の一般的な積載量を大きく振り切っているのだ。

この流れで、もう一つ属性がくっついたとしてもおかしくはない。だが——

「普通に美味い！」

卵焼きに唐揚げ、タコさんウィンナー。ごくごく普通のお弁当だ。

飛び上がるほど美味いとは言わないけれど、普通に美味い。

ステンレスの水筒から冷たい麦茶を注ぎながら、藤原さんが「あはは」と笑う。

「うちってば、元々は母子家庭だからねー。中学卒業するまでは、あーしがお母さんの分もご飯作ってたんだよねー」

「なるほどね。いや、本当に美味いと……思う」

「んふー、やったー！　うっれしー！」

彼女は、ぴょんと飛び跳ねたかと思うと、僕の鼻先に顔を突きつけて、こう言った。

「どうよ。どうよ！　ポイント高いっしょ！　今すぐ嫁にしたくなったっしょ！」

「それ言わなきゃ惚れてたわ。たぶん」

「マジで!?　い、今のなし！　ふーみん！　今のなしでっ！」

そう言って慌てる藤原さんは、少なくとも僕が今まで見てきた中で一番可愛かったと思う。

✖羽田真咲洗脳プログラム

「お帰りデビ」

学校から帰って部屋に足を踏み入れると、例によって、リリが漫画を読みながらふわふわ浮かんでいた。

「読み終わったら、ちゃんと本棚に戻せってば」

「えー……後で従者にやらせるデビよ」

「漫画片付けるために呼び出される従者さんが不憫だわ」

僕は床の上に山積みになった漫画を眺めて、小さく肩を竦める。

「で、帰りが遅かったのは……今日も黒ギャルに絡まれてたデビか？」

「……まあね」

今日の帰り道、僕は藤原さんにクレープを奢らされた。弁当のお礼に奢れと。

「ふーみんがごちそーしてくれるから、おいしーんじゃん」などと、容疑者は意味不明な供述を繰り返しており、バイトもしていない男子生徒にとっての六百円。その重みをまったく理解していない模様です。

僕は小さく溜め息を吐いて、顔を上げる。

「で、真咲ちゃんのほうはどうなってる？」

「お、早速始めるデビか？　準備は万端デビ。素っ裸に剥いて、例の部屋に転がしてるデビ。ピンは刺さったままだから、起きてくる心配もないデビよ」

「そう……助かるよ」

昨晩、僕は半《なか》ば衝動的に、真咲ちゃんを監禁したのだ。涼子のこともあって昨晩は放置してしまったが、今日から彼女の洗脳を開始することになる。

僕は扉を呼び出して、リリと一緒に暗い部屋へと足を踏み入れた。

灯《とも》りを点すと、部屋の隅に裸で横たわっている真咲ちゃんの姿が目に飛び込んできて、思わず心臓が跳ねる。

「それにしてもえっぐいおっぱいデビな。たぶん身長と胸囲が同じぐらいあるデビよ」

「それは、流石に言い過ぎじゃね？」

確か、彼女の身長は百四十センチ台だったと思うけれど、胸囲百四十センチは流石に大袈裟過ぎる。

「あと、リョーコを堕としたお陰で、使える機能がいろいろと増えてるデビ。折角だから試してみると良いデビよ！」

そうだった。

増えた機能は、『部屋作製レベル3』『家具設置レベル2』『キッチン設置』『接続《コネクト》』『内装工事《インテリアコンストラクション》』『部屋拡張《エクステンション》レベル1』『奴隷召喚《サモンスレイブ》』『独白《モノローグ》』の八つ。

「とりあえず、今使えそうなのは『内装工事《インテリアコンストラクション》』かな。じゃあ、壁は丸太小屋風、床は板張りに変更して……どこかの山小屋に監禁されてるって設定で話を誘導してみようか。それと……そうそう、『家具設置』のレベルが上がって設置できるようになった、『それなりの家具』ってなんだよ？」

「ホームセンターの実勢価格で、大体三万円までの家具デビ」

「ホームセンター……」

なんでこいつらは悪魔の癖に、ちょいちょい生活感を出してくるのだろうか？

「ま、まあ、いいや。とりあえずベッドと部屋の隅にチェストを用意して、リリ、食べ物用意してもらえる？」

「良いデビよ、何が良いデビ？」

「なんでもいいよ」

「じゃあ、そのチェスト一杯のもずくを……」

「怖いわ!?　菓子パン、菓子パンでいいよ！」

引き出し開けて、なみなみと『もずく』が入ってたら、ホラー以外の何物でもない。

いや……そう思えば、もずくは悪魔っぽいとも言えるのかもしれない。

「フミフミの準備ができたら、ピンを抜くデビよ」

「ああ、すぐに服脱ぐよ」

「ふふん、今回は、フミフミ初めての調教プランデビ。愉しみデビなぁ。ただ、リリとしてもあんまり経験のないシチュエーションだけに、何かと手探りデビ」

「うん、まあ臨機応変にってとこだね」

「じゃ、始めるデビ！　準備ができたら、彼女のピンを抜くデビよ」

×××

「どうなってんの……？」

最初は目が見えなくなっちゃったんだって、そう思った。

だって、目を開けても何も見えないんだもん。真っ暗。夢でも見てるんじゃないかなって、そう思った。

目が見えなくなる夢って……なんだそりゃって。

でもね、ふわふわした頭の中がはっきりしてくるに連れて、そうじゃないことがわかってきた。自分が寝ている場所の感触。それが自分のベッドと全然違ったから。

それに気づいた後は、もう大混乱。

「え、な、な、何!? えっ……えぇぇっ……」

わたしのベッドよりもクッション硬いし、シーツの匂いも真新しい。手をバタバタさせて周りを探っても、お気に入りのぬいぐるみたちがどこにもいない。

(ど、どこ、ここ。わ、わたしの部屋じゃない!?)

慌てて周りを見回しても、やっぱり真っ暗で何一つ見えない。

必死に手を伸ばしてみると、壁に手が当たった。

ベッドの左側は壁、わたしの部屋とは逆。やっぱり、わたしの部屋じゃない!

指先に触れた壁の感触は、つるっと磨き上げられた木の手触り。丸太が積み重なった……えーと、なんだっけ。ログハウス? みたいな。

思い出してみても昨日の夜、ベッドに入って以降、変わったことがあったような記憶はない。寝て、起きたら、もう別の場所。もう、さっぱり何がなにやら。

(もしかして……寝てる間に誘拐された!?)

すぐにそんな考えに至ったのは、美鈴《みすず》ちゃんのことがあったからだと思う。

思わず腕組みしたところで、わたしは――

「え……? きゃぁぁぁあああああ!」

決定的なことに気付いて、盛大に悲鳴を上げた。

裸、素っ裸だった。わたしは何も着ていなかったのだ。

寝る時にはブラを着けないという人も多いけれど、わたしの場合、サイズ的に形崩れが怖いので、ノンワイヤーのブラを愛用している。それがない。どこにもない。ブラだけじゃない。ショーツもなければ、パジャマもない。すっぽんぽんだ。ぽんぽぽん、ぽぽんぽんだ。意味わからない。混乱しすぎ。落ち着いて。落ち着いて、わたし！

れ、冷静に考えてみよう。でも、考えようにも手がかりがない。実質ノーヒント。状況を理解するための情報が、完全に欠落している。

「ふぇぇ……わけわかんないよぉ」

わたしが、がっくり項垂《うなだ》れるのとほぼ同時に、暗闇の向こう側で突然、ガタッと何かが動く音がした。わたしは口元を押さえ、慌てて壁際へと後退《あとずさ》る。

（な、何、だ、誰かいるの？）

ごくりと喉が鳴った。すると――

「う、うわっ!?　な、なんだ！　なんだ、これ!?」

暗闇の向こう側から、男の子の声が響いてくる。雰囲気的には、わたしと同じように混乱しているように思えた。

「暗っ!?　怖っ!?　狭っ、いや、狭くはねぇわ。広いわ。どこだ、ここ……って、裸ァ!?　そういえば、寝ている間に脱ぐクセが……ってねぇわ！　そんなクセねぇわ！」

（なんで独りでボケて、ツッコんでんの？）

混乱しすぎである。

不思議なもので人間、自分より混乱している人を目にすると、途端に冷静になるものだ。

言葉の端々から情報を拾うと、彼とわたしはほぼ同じ状況。そして何よりその声には聞き覚えがあった。

「木島くん？」

「……え、そ、その声は真咲ちゃ、ん？　も、もしかして、僕、真咲ちゃんに誘拐されたの？」

「しないよっ！」

思わず、声を荒げてしまった。

「わたしも今起きたらここにいて、状況が全くわからないの」

「そ、そうなんだ」

そう言った途端、木島くんが動く気配がしたので、わたしは慌てて声を上げた。

「来ちゃダメ！　こっちに来ないで！」

「あ、うん……好かれてないとは思ってたけど、来ないでとか言われると、割と凹む……」

「ちがっ、違うの！　そ、そうじゃなくて！」

「そうじゃなくて？」

「その……わたしも、裸……なの」

暗闇の向こうから、木島くんの息を呑む音が聞こえた。

「ご、ごめん！　わ、わかった！　近づかない！　絶対近づかないから！」

その慌てる様子に、思わずちょっと笑ってしまう。

状況は全然わからないけれど、木島くんがいてくれたことに、正直ホッとした。

自分一人だったら、今頃泣きじゃくっていたかもしれない。

「ねぇ、木島くん……これって、もしかしてわたしたち、誘拐されちゃったのかな？」

「わからないけど……そうとしか考えようがなさそうだね」

「で、でも、わたしの家……お父さん、ただの公務員だよ。身代金なんて出せないよ」

「僕んとこも一緒だよ。サラリーマンだし……」

暗闇の中で、姿の見えない相手と話をしているのは変な感じだったけれど、話が途切れて静かになると、途端に不安になる。

「それにしても……ここ、どこなんだろうね？」

「はっきりとはわからないけれど、車に載せられたような気がする。山道みたいなガタガタ道を走ってたような……」

「そうなんだ……」

木島くんの言う通りなら、ここはどこかの山の中の丸太小屋。叫んでも周りに聞こえないような、そんな場所なのかもしれない。

わたしがそんなことを考えていると、木島くんがこう言った。

「とにかく灯りか出口を探してみようよ。こっち側は僕が探してみるから、真咲ちゃん、そっち側、お願いできる？」

×××

「木島くん、何か見つかった？」

「まだ何も。おかしいなぁ、出入口がないはずないんだけど……」

僕は壁際に座りこんだまま、適当な返事をする。

今は深夜だけれど、ピン止めした時間から考えて、真咲ちゃんの体感時間はたぶん昼前ぐらいだろう。昼間は普通に学校に通いながら洗脳調教を進められるように、真咲ちゃんの体感時間だけを昼夜逆転させた。

そろそろ彼女も、お腹が空いてきたことだろう。菓子パンを見つけたフリをして、渡すことにしようか。

ご覧の通り、『羽田真咲洗脳プログラム』は快調にスタートを切った。

今回の洗脳プログラムはリリではなく、僕自身が一から創り上げたもの。それだけに成り行き任せな部分も多いし、随分な演技力も要求される。僕も随分練習した。

今回のプログラムの大枠はこうだ。

真咲ちゃんを暗い部屋に監禁。これは黒沢《くろさわ》さんと同じ。だが、今回監禁されたのは、彼女一人ではなかった。同級生の男子、木島文雄《ふみお》が一緒だ。

それなりに真面目で、自分に好意を持っていて、優しくしてくれる男の子。この状況で彼女が頼りにできるのはそう、僕だけだ。

真っ暗な部屋に男子と二人。しかもお互い全裸。そんな極限状態におけば、そのうち二人は恋に落ちるだろう。

ヒロインは真咲ちゃん、相手役は僕だ。

そして離れられないぐらい徹底的に惚れさせたところで——捨てる。

それも二度と男に近づきたくなくなるぐらい、強烈なトラウマを植え付けて。

逆恨みだということは、僕にだってわかっている。だが、僕を騙《だま》したことを後悔させてやらなければ気が済まない。愛する者に裏切られるその苦しみを、哀しみを、彼女に刻み込んでやるのだ。

✖ 少女三様

「それでね。お父さん、サバにあたって……かゆ……く……」

話の途中から口調がたどたどしくなり、やがて途切れた。

耳を澄ませてみれば、「すぅーすぅー」と微かな寝息が聞こえてくる。

どうやら真咲ちゃんは、寝落ちしてしまったらしい。

僕は、「ふぅ……」と息を吐き出すと、グッと大きく伸びをする。

一か所に座り込んだまま、長時間女の子の話し相手をするというのは、思った以上に大変だった。何せ彼女ときたら、話を止めたら死ぬんじゃないかと思うぐらい、引っ切りなしに喋り続けていたのだ。

今は、実時間でいえば朝、彼女の体感時間でいえば深夜である。

よくもまあ、そんなに話すことがあるものだと感心もしたけれど、気持ちはわからなくもない。それだけ不安だったということなのだろう。

この建物には窓も出口もなく、チェストの中にいくらかの食べ物がある。そんな、自分たちの置かれている状況を明確にしてしまえば、あと僕らにできることは、話をすることぐらいしかない。

最初は自分たちの置かれている、この異常な状況についての話。

一体、誰の仕業で、何が目的で、自分たちはどうなってしまうのか？　壁を壊せないか？　声を出して助けを求められないか？　警察は捜査してくれているのだろうか？

彼女の見方はかなり悲観的で、時々声が潤《うる》むのを感じた。

一旦、話が行き詰まってしまうと、不安を紛らせようとしていたのだろう。あとは、ずっと他愛もない話。僕があまり自分から話を振らないようにしていたからだと思うけれど、彼女は引っ切りなしに自分の話をし続けた。

心理学的に言えば、暗闇の中では「話す」ということについて、著しく障壁が下がるらしい。

だから、尋問部屋や告解《こっかい》部屋は薄暗いのだ。

そして、人間は自分の話を聞いてくれる人間に、好意を持つようにできている。

だから、話の上手い人間より、相槌の上手い人間のほうがモテるのだ。

リリからそう教えられていた僕は、できるだけ早く僕に好意を持たせるために、控えめで大人しい彼女でも、話をせざるを得ないという状況を強制的に作ったのである。

少し前の僕なら、たぶん嬉しくて堪《たま》らなかったことだろう。

何せ、彼女の口から語られるのは、知りたくて知りたくて仕方のなかった、彼女のプライベートな情報だ。

まあ、今となってはなんの興味もない情報だけれど。

十月十日生まれ、天秤座のO型で小学生の弟がいる。お父さんは小学校の校長先生で、お母さんは元看護師さん。好きな食べ物は桃とイクラ。

黒沢さんとは家族ぐるみのつきあいで、幼稚園からの親友。姉妹みたいに育ってきたせいで、黒沢さんがやたらとお姉さんぶることがちょっと不満……などなど。

今なら、羽田真咲カルトクイズがあれば、優勝できるんじゃないかとさえ思う。

そんなことを考えていると、淡い光を放ちながら、宙空にリリが姿を現した。

「お疲れデビ。とりあえず、おっぱいちゃんをピン止めしたデビ」

どうやら、リリの中では真咲ちゃん＝おっぱいちゃんで呼称が確定したらしい。

リリが姿を現せば、部屋の中は多少明るくなる。光に照らされて垣間見えた彼女の胸、その存在感はやはり凄まじいものがあった。あれはもはや、おっぱいが本体と言ってもいい。しかも、あのサイズで垂れていないのだ。見事なロケットおっぱいである。

ただ、彼女の童顔からは想像もできないような大きめの乳輪が、やたらと下品でいやらしかった。

目を覚ます心配がないのだから、今のうちにどうにかしてしまおうかとも思ったのだけれど、目覚めた時に違和感を抱かれてもマズいので、ここは我慢。後々の愉しみとすることにした。

「じゃあ、フミフミ、とっとと学校行く準備をするデビよ」

彼女と一緒に、僕まで行方不明になるわけにはいかない。

真咲ちゃんが眠る度にピン止めして、僕は昼間は普通の生活に戻る。そうやって、僕にとっては断続的に、彼女にとっては連続して、洗脳を推《お》し進めていくことになる。

「あ、そうそう、黒沢さんのほう、様子見といてくれる？」

「良いデビよ、どのみちこれから朝食を持っていくところデビ」

×××

「うぅっ……もぉー、なんで来てくれないのよぉ……」

アタシ――黒沢美鈴は、泣きそうになっていた。

木島くんが来ないのだ。来てくれないのだ。

部屋の中は真っ暗だけど、体感としてはたぶん今は朝。

丸一日、ずーっとドキドキしながら待ってたのに。夜になったら絶対来てくれるはずだと思ってたのに。あんなに愛してるって言ったくせに。あんなに愛してるって言わせたくせに。

(なんで来ないのよっ！)

ちょっと腹が立ってきた。

ぶうぅと頬を膨らませていると、宙に例のコスプレ女が姿を現す。

「はぁーい。黒沢ちゃん、朝ご飯の時間デビ。今日は大奮発して、なんと四枚切り食パン！　厚切りデビよー」

いつも六枚切りなのが四枚切り。それで大奮発って。

「せこい」

「なんだとー！」

ぷんすかぷんと手を振り上げるコスプレ女。はっきりいって可愛げがないけれど、それでも今のアタシにとっては、貴重な話し相手には違いない。

「ねぇ、木島くん、どうして来てくれないの？」

「さあね。他の女とよろしくやってんじゃないデビか？」

「……さいてー」

だって、あんなに僕のモノになれとか言いながら、他の女の子に手を出すとかありえなくない？

「あはは、早速、彼女きどりデビ！」

「だって、彼女だもん」

アタシがそう言い放つと、コスプレ女はなぜか、びっくりしたような顔をした。

「何よ、その顔！　だって、愛してるって言い合いながらエッチするような関係って、それしかないでしょ！　浮気なんかぜーったい許さないんだから！」

「黒沢ちゃん」

「何よ」

「粕谷《かすや》とフミフミ、両方とも彼氏というのは浮気じゃないデビか？」

「アタシのはしょうがないじゃん。それはそれ、これはこれ」

「それは……それ、これはこれ」

コスプレ女はなぜか、呆然と復唱した。

×××

リリに黒沢さんの世話を頼んだ後、僕は身支度を整えて家を出た。

五軒ほど向こうの生け垣沿いに、白いセダンが停まっている。涼子の話通りなら、あそこで張り込んでいるのは猪本《いのもと》刑事だろう。

彼には無駄足ばかりを踏ませて、申しわけないような気がしている。だって、善い人なのだ。

もちろん、だからといって、捕まってあげるわけにはいかないけれど。

「おっはよー、ふーみん！」

学校に辿りつき、自分の席に座ると、例によってノータイムで藤原さんが飛びついてきた。

これもすでに日常化していて、いまさら揶揄《からか》う者もいない。

「ああ、おはよう」

適当に挨拶を返しながら、教室を見回してみると、いつもと少し様子が違うような気がした。

どうやら、今日は粕谷くんがまだ来ていないようだ。

そのせいで、トップカーストの連中も一か所に集まることなく、それぞれに談笑している。やはり中心人物不在だと、こうなるものらしい。

結局、粕谷くんが来ないままホームルームが始まると、開口一番、担任のゴリ岡が真咲ちゃんの失踪を告げた。

ざわつく教室。僕が顔を上げると、藤原さんが不安げな顔で僕のほうを見ている。それに気付かないフリをして、僕は窓の外へと目を向けた。

同じクラスから二人目の行方不明者、しかもその二人は親友同士だ。どんな風に報道されるのだろう？

警察はどう動く？

怪我の功名とでも言うべきか、涼子を奴隷にできたのは幸いだった。捜査状況は筒抜け。そのうえ、この誘拐事件を担当する刑事の一人である彼女自ら、僕のアリバイを証明してくれるのだ。心配することは何もない。

不穏な空気だけを漂わせてホームルームが終わり、ただただ落ち着かない空気だけを蟠《わだかま》らせて、午前の授業が過ぎていった。

そして、迎えた昼休み。

今日も僕は、屋上で藤原さんお手製のお弁当をかっ込む。

しいたけの煮物に、黒豆やレンコン、いかなごのくぎ煮など。やたら茶色で、正月三日目のおせちの残りのようなラインナップでの「良い奥さんになりますよアピール」が凄い。

お弁当を食べ終わって、僕が「ん」と顎をしゃくると、「はいはい」と藤原さんが膝枕をしてくれた。もはや熟年夫婦のようなやりとりである。

「食後に膝枕って……まったく、ここまでさせといて、かれぴっぴじゃないとかー、どの口で言ってんだか……」

「恋人同士じゃなくても、膝枕ぐらいするだろ？」

「しないってば」

膝を枕に目を開けると、良く晴れた青い空。

本来なら視界を遮るはずのおっぱいは、藤原さんの場合相変わらずフラットで、青空が目に眩しかった。

遠くで「ちちち」と、鳥の鳴き声が響いている。

しばらく無言の時が過ぎ、そして藤原さんが不安そうに声を漏らした。

「真咲っち、行方不明だって。ねぇ、ふーみん……ふーみんは関係ないよね」

「僕に誘拐できるような、体力や財力があると思う？」

「あはは、思わないよねー。うん、そ、そうだよね。あはは、何、変な心配してんだろ、あーしってば」

強張った微笑みを浮かべる彼女に、僕は身を起こすと、

「んっ!?　んんっ……」

そのままキスをした。

なんでそんなことをしたのかは、正直よくわからない。やけに不安そうな彼女が可愛かったからとか、たぶんそういうことなんだろうけれど、言葉にすると途端に嘘臭くなる。

わからないけれど、キスしたくなったからした。それだけだ。

それができるほどに女の子に慣れたということもあるし、藤原さんに嫌がられることはないという確信があったから、できたのだと思う。

彼女は一瞬目を丸くした後、とろんと蕩けたような目をする。そして随分長い間、僕らは互いの唇と舌を貪りあい、互いの唾液を啜《すす》りあった。

やがて、唇を離すと藤原さんは、やけにドギマギした様子で口を開く。

「あ、あれぇ……あはは、な、なんか変。もうさ、オチ○ポちゃんまでしゃぶってるのに。い、今さらキ、キスぐらいで、あーしなんで、こんなにドキドキしてるんだろ。あは、あはは、おっかしいなぁ……」

彼女の、そんな戸惑いの表情を眺めているうちに、昼休み終了のチャイムが鳴った。

✖照屋光の謀りごと

「うっせぇよ。もう、ほっとけって……」

「ま、昌弘《まさひろ》のためを思って言ってんのに、そんな言い方って！」

美波《みなみ》がヒステリックな声を上げて、放課後の教室に残っている数人が、こちらへと目を向ける。

「あーもう……」

俺が、苛立ち紛れに髪を掻きむしるのとほぼ同時に、教室の扉が開いて、いかにも堅苦しい銀縁眼鏡の女子が、廊下から美波のほうへと声をかけてきた。

「柴田《しばた》さん。小林先生が探しておられたわよ」

「あ……はい、すみません委員長、すぐ行きます」

俺は、思わず顔を顰《しか》める。

風紀委員長の高田貴佳《たかたたかか》。ほんとヤな女だ。ギャグみたいな名前のクセに超がつく堅物で、俺らを常に見下したような態度を取る。

美波が慌ただしく彼女のほうへ駆けていくと、高田は汚らわしいものでも見るような目つきを俺に向けて、こう言った。

「あなた……立岡《たちおか》君でしたか？　その髪型は校則違反です。次の頭髪検査までには、必ず切ってくるように、いいですね！」

高田が教室のドアをぴしゃりと閉めて、二人の足音が遠ざかっていく。俺は手近な席になげやりに腰を下ろすと、頬を歪めて吐き捨てた。

「イラっとするわ……マジで」

窓際の席、開いた教室の窓、俺はその窓枠に肘をついて、校庭を眺める。

下校する生徒たちの中に、ひときわ日立つ金髪のサイドテール、藤原舞の姿が見えた。

彼女は、クラスでも最底辺の木島文雄の腕に自らの腕を絡ませて、弾むような足取りで校門の外へと出ていく。

(チッ……よりによって、舞ちん。なんであんなのと……趣味悪すぎだろ)

今年、同じクラスになってから俺は、密かに彼女のことを狙っていた。理由は簡単。すぐヤらせてくれそうだったからだ。

カノジョの美波とは、つきあってもう四年。口うるさくて、最近はうっとうしく思えてきた。

そろそろ潮時だろう。なら、次は舞ちんに乗り換えようと、そう思っていたのだ。

夏までには落とそうとのんびり構えていたら、何が起こったのかさっぱりわかんねぇけど、あれよあれよという間に、彼女は木島文雄とイチャつきだした。

正直、プライドが傷ついた。例えば、俺らの仲間内の誰かと付き合ったというのなら、納得もする。だが、アレはない。俺らよりアレのほうが良いとか、目が腐ってるとしか思えない。

「くそっ……おもしろくねぇ」

そう吐き捨てた途端、背後から声をかけてくる者がいた。

「へー、立岡くんって藤原、狙ってたんだ？」

振り返ってみれば、そこには光ちゃんが立っていた。

照屋光――いかにも体育会系なショートカット、健康的に日焼けした肌。顔立ちは整っているが、太目な眉の自己主張がちょっと強い。ボーイッシュな女の子だ。

率直に言って俺の好みじゃない。とはいえ、女の子には気のある素振りを見せるのが、礼儀ってもんだ。

「あはは、俺、光ちゃんでも良いんだけど？　慰めてくんない？」

「お断り」

彼女はピシャリとそう言い放って、眉を顰《ひそ》める。

(社交辞令だっつーの。こっちだってお断りだよ)

「それよりさ。今日、純一《じゅんいち》さ……粕谷くん、なんで来てないの？」

「ああ、純なら隣町で美鈴ちゃん見かけたってヤツに話聞いてさ。今日は、そっちに美鈴ちゃん、捜しに行くってさ」

「学校休んで？」

「そうそう。なんだかんだ言ってもベタ惚れなんだよ、純は。何回も美鈴ちゃんにアタックし続けて去年のクリスマスに、やっと付き合ってもらえるようになったわけだしさ……」

「ふーん……」

光ちゃんは、あからさまにムスッとした顔をする。

（ああ、そういえば、こいつも純狙いだったっけ……）

「って言っても美鈴ちゃんも、もう一週間以上行方不明だし。今頃、どっかで別の男とよろしくやってるかもしんねぇし……。純も諦めどころ探ってんじゃないかなー」

ちょっと空気を読んでやると、光ちゃんは、すぐに機嫌を直してくれた。

「そう、そうだよね！」

ちょろいったらありゃしねぇ、まあ、たぶん光ちゃんにチャンスなんてないと思うけど。

「あのさ……立岡くん、アタシと取り引きしない？」

「取り引き？」

「実はアタシ、こがね……藤原のすんごい弱み、握ってんだよねー」

「え、何、それ、どういうこと？」

「あの子はアタシのいうことなら、なんでも聞くってこと。例えば、立岡くんと付き合えでも、セフレになれでも、なんでも」

「マジで!?　いやいや、あり得ないでしょ、それ」

「これでも？」

彼女が目の前に突き付けてきたスマホの画面には、泣き顔で下着姿の舞ちんの姿が映し出されていた。

（やべぇ、マジだわ……）

「一応、すっぱの写メも撮ってあんだけど、そこまではタダってわけにはいかないよねー」

「見たい！　金出すから！」

「あはは、立岡くんがさぁ……粕谷くんとアタシの仲取り持ってくれるんなら、藤原のこと好きにさせてあげるよ。したら、エロ写メなんて撮り放題でしょ？」

×××

上手くいった。

立岡との取り引きは成立。

藤原舞を餌に、立岡を利用して、傷心の純一さまを慰めるポジションに収まれば、アタシが恋人になれるのも時間の問題だ。

純一さまの恋人になった自分の姿を想像しながら、アタシは上機嫌で部室の扉を開ける。

遅刻というわけではないけれど、少し遅くなった。部員の大半は、既にグラウンドで練習の準備を始めている。だが、部室の中には何人か、今まさに着替えている最中の子たちがいた。

その中の一人がアタシの姿を見つけるなり、下着姿のまま歩み寄ってくる。

「なぁなぁ、光ちゃん！　真咲が行方不明ってマジ？」

ベリーショートで細身。可愛くないわけではないけれど、人並み以上に目が細いせいで、何もしていなくても笑ってるように見える、この陸上部の副部長——島夏美《しまなつみ》だ。

「ん？　島って羽田さんと知り合いだっけ？」

「うん、二年の時、同じクラスやったし。今でも一緒に買い物行ったり、結構仲ようしててんけど……で、どうなん？　マジで行方不明なん？」

「詳しくは知らないけど……先生はそう言ってたね。黒沢さんに続いて、二人目だってさ」

「マジか……」

島が頬を引き攣らせると彼女の背後から、部長の田代初《たしろうい》がやはり下着姿のまま、その肩をポンと叩いた。

「ほら、言っただろう？　お陰で部活の終了時間も前倒せと言われている。暗くなる前に下校させろとな。わかったらとっとと着替えろ、島。わかっているとは思うが、夏の大会までそれほど日があるわけでもない。我々三年は、そこで引退なのだからな」

「いやいや、そう言う初ちゃんもまだ着替え終わってへんがな」

個人的には、田代はちょっと苦手だ。

すらりとした八頭身に、長い黒髪をポニーテールに結わえた美少女。

見た目だけでも気後れするのに、その性格と来たら正々堂々、清廉潔白、温厚篤実、歩く四文字熟語のオンパレードだ。そのうえ、スポーツ万能、成績優秀という完璧超人なのだから、できれば傍にいたくないタイプ。比べられたら自分がみすぼらしく思えてくる。

島が着替え始めると、田代はベンチに座っている部員へと声をかけた。

「おい白鳥《しらとり》、おまえものんびりしてるんじゃない」

「……なら、高砂《たかさご》をなんとかしてください」

ムスッとした顔のまま口を尖らせたのは、二年の白鳥早紀《さき》。

アタシはコイツも苦手だ。愛嬌というものを母親のお腹に忘れて来たとしか思えない不愛想。正直、何を考えてるのか、さっぱりわからない。

見れば、ユニフォームに着替え終わっている白鳥の膝を枕に、制服姿のまま「すーすー」と気持ち良さげに寝息を立てているヤツがいた。

二年の高砂景《けい》である。

とんでもない怠け者で、姿を目にする時には大抵寝ている。そのくせ、高跳びに関しては碌に練習もしないのに、女子の全国大会レコードまであと数センチにまで迫るという、一種の天才だ。

こいつに関しては苦手以前に、ほとんどコミュニケーションを取ったことがない。何せ、まともに起きているところを目にすることのほうが珍しいのだ。

腹立たしいのは、見た目だけは良いものだから、二年生の男子の間では眠り姫《スリーピングビューティ》なんて恥ずかしいあだ名で呼ばれて、かなり人気があるということ。一度、男子にコイツの腐臭漂うロッカーの惨状を見せてやりたい。

（まあ……いいや、着替えよっと）

アタシが着替えている間も、島はやけにしつこく羽田さんの行方不明のことを聞いてきた。心配なのはわからなくもないけれど、アタシだって大したことは知らないってーの。

✖羽田真咲のコンプレックス

（なんで、キスしちゃったんだろ……）

自分で自分の行動が、意味不明過ぎる。

お陰で帰り道は、藤原さんが浮かれまくって大変だった。

いつも以上にカノジョ気取り。おそろしく綿密な将来設計を聞かされたうえに、いつも以上に熱っぽく家に寄っていけと連呼された。

まあ、絶対行かないけど。

そんなことしたら、人生の墓場《けっこん》行きの弾丸列車に乗せられるのは、目に見えている。

「はぁ……ただいまー」

溜め息を零《こぼ》しながら部屋に足を踏み入れると、僕のＰＣの前でヘッドフォンをしたリリが、こちらを振り向いた。

モニターには、思いっきりキワモノの伝奇物エロゲが映し出されている。

「フミフミも、股間から触手とか生やしてみるデビ？」

「生やすか！」

こいつらにかかれば、マジでできそうだから困る。

流石に僕も、人外の領域にはみ出す気はない。

「っていうか、気軽に人のＰＣ開いてんじゃねー！　ロックかかってただろうが！　パスワードはどうしたんだよ！」

「そんなので、悪魔を防げるとでも？」

「ドヤ顔すんな！」

「まあ、フミフミのパソコンの中身なんて、とっくに解析済みデビ。フミフミの性癖ぐらい本人以上に良くわかってるデビよ。それはともかく、とっとと昨日の続きを始めるデビよ」

「ちょ、お、おい！」

聞き捨てならないコメントをさらりと言い捨てて、リリは勝手に例の扉の中へと入っていく。

後を追って入ったログキャビン風の部屋の内側、一番奥のベッドの上には、全裸の真咲ちゃんの姿、手前には食糧を入れたチェストがあった。

「菓子パンとペットボトルの水は、三食分をチェストにリロードしておいたデビ」

「う、うん、それは良いんだけど、僕のＰＣの解析って……」

「さぁ、フミフミ！　準備ができたらピンを抜くデビよ！」

（ダメだ……こいつ、話す気ねぇ！）

諦めて服を脱ぎ、扉の外へ投げ捨てると、僕は扉を閉じて真っ暗になった部屋の中で、昨日いた位置に座り込んだ。真咲ちゃん洗脳プログラム、コンティニューだ。

「じゃあ、ピンを抜くデビ！」

リリがそう口にした途端、暗闇の向こうで人の動く気配がした。

「ふぁあ……」

「起きた？　おはよう、真咲ちゃん」

《あ、あれ……あ、そうか、わたし、閉じ込められたままなんだ》

涼子を隷属させた時に手に入れた機能——『独白《モノローグ》』。

この機能を発動させると、即座に真咲ちゃんの心の声が聞こえてきた。暗闇の中だけという制限はあるけれど、相手の心の声が聞こえてくるという、かなり凶悪な機能だ。

「……お、おはよう。木島くん。わたし……昨日話してるうちに寝ちゃったんだね。ごめんなさい」

「謝る必要なんてないって」

《……って⁉　男の子がいる部屋で無防備に寝ちゃったら、危ないでしょ！　わたし、裸なんだよ！》

「あの、木島くん。その……な、何もしてないよね」

「してない、してない。真っ暗だしね、近づかないって約束したでしょ？」

「う、うん、そうだよね。あ、あはは……へ、変なこと言って、ごめんね」

《よかったー、そうだよね。木島くん、真面目だもんね。わたしのバカ、疑っちゃ失礼だよ！》

「朝ご飯の菓子パンとペットボトルの水があったから、とりあえずそっちに投げるね。当たったらごめん。ペットボトルは危ないから転がすね」

「う、うん。あ、ありがとう」

しばらくすると、菓子パンを食べる小さな音が暗闇の中から聞こえてきた。

「ねえ、木島くんは寝れた？」

「うん、一応。石の床が硬くて、身体《からだ》バッキバキだけどね」

《そっか……木島くんのほうはベッドとかないんだ……どうしよう、今晩ももしここから出られなかったら、場所代わってあげたほうがいいよね……》

「あの……木島くん。わたしのほうにベッドあるから、場所換わろうよ。一日ずつ交代にしよ、ね」

「あ、そっち、ベッドあるんだ。良かった。でも、交代とかしなくていいってば」

「ダメだよ、そんなの！」

「うーん……そうは言うけど、大好きな女の子を床の上に寝させて、自分だけベッドで寝れるような男なんて、多分いないと思うよ？」

《だ、大好き⁉》

息を呑む音、ベッドの上で何かが跳ねるような、ギッという音が聞こえた。

「だ、だ、大好きとか、そういうのやめて、お願い。恥ずかしいから……」

（お……意外とシンプルなのが効いたみたい）

「そんなこと言われてもねー。ほら、僕もう真咲ちゃんには全部伝えちゃってるわけだし、今さら好きでもないフリするのも変だしさ」

「そ、そうかもしれないけど！　わ、わたしが恥ずかしい……から」

「でも、大好きなものは大好きだし、正直言って、世界で一番可愛いと思うからさ」

《はわわわわっ……ちょ、ちょっと！　木島くん、大袈裟！　大袈裟！》

「木島くんの勘違い！　勘違いだから！」

こういうのを褒め殺しというのだろうか。波立ちまくっている真咲ちゃんの心の声が面白すぎて、僕は調子に乗る。

「真咲ちゃんは天使だし、純粋だし、優しいし、可愛いし、僕にとっては完璧な女の子だよ」

だが、僕のその発言を境に――

《純粋？　……どこが。なーんだ……結局、木島くんも何も見えてないんだね》

彼女の心の声が冷え冷えとしたものに変わった。どうやら僕は意図せず、思いっきり彼女の地雷を踏み抜いてしまったらしい。

「……木島くん」

「何？」

「わたし、木島くんに謝らなきゃいけないことがあるの」

暗闇の中に、彼女のやけに低い声が響いた。

どう対応すれば良いのかわからなくて黙っていると、彼女はそのまま言葉を継いだ。

「わたしね、純くんに……粕谷くんに告白したの。付き合ってほしいって、都合の良い女でいいから恋人にしてほしいって、お願いしたの」

驚いた。彼女のほうから、その話をしてくるのは正直意外な気がした。

とはいえ、話を上手く転がさなければならない。僕は、何も知らないフリをして戸惑ったような声を出す。

「え……だ、だって真咲ちゃん、誰とも付き合うつもりないって……」

「ウソ吐いて……ゴメン」

《ウソじゃないんだけど……言いわけにしかならないから》

（え……？　嘘じゃない？　どういうことだ？）

彼女の言葉と、心の声が食い違う。

もちろん正しいのは心の声のほう。つまり、『誰とも付き合うつもりはない』という、あの言葉は本心だったということだ。少なくとも、あの時点では。

彼女は今、罪悪感を抱いている。さらに話を引き出すためには、もっともっと罪悪感を抱かせる必要がある。心を波立たせる必要がある。

だから、ここは責めたり、怒ったりしてはいけない。ペナルティを与えることは、その分の許しを与えることと変わらない。彼女がもっと自分を責めるように、僕は善い人として振る舞わなければいけない。

「そうか……ごめん。真咲ちゃんって……粕谷くんのことが好きだったんだね。こっちこそゴメンね。空気読めなくって……」

「違うの！　謝らないで！　悪いのはわたし、わたしなんだってば！」

《わたしが、イヤな子なだけなんだってば！》

心の声が、ひと際大きくなった。

「ねぇ……真咲ちゃん。何か事情があるんじゃないの？　僕で良ければ聞かせてよ。役に立てるかもしれないよ？」

《やめて、木島くん、なんでそんなに良い人なの。やめてってば！》

うん、正直じれったい。

(なんでって、心の声が聞こえてるからだよ。別に良い人だからじゃねーよ。裏切り者。面倒くさいからとっとと喋れよ)

なーんて思ってしまう程度には、僕もやさぐれている。

「僕は真咲ちゃんがどんな話をしても軽蔑したりしない。どうかな……話してみたら、少しは楽になるんじゃないかな」

(これ以上、軽蔑のしようもないからね。このクソビッチ)

なーんて思ってしまう程度には、僕も腹に据えかねているのだ。

《本当、本当に……話しちゃって大丈大かな……》

「大丈夫だってば」

思わず心の声に返事をしてしまって、僕は慌てて咳払いをした。

「あ……あのね。わたしと美鈴ちゃんって、幼稚園からずっとお友達で……」

「うん、昨日、そう言ってたね」

「わたし……こんな感じだから、美鈴ちゃんは、いっつも守ってくれてたの。過保護じゃないかなって思うぐらい」

(まあ、だからこそ、僕もラブレター出しただけで、あんな風にいじめられたわけだけどなっ！)

思い出したらムカムカしてきた。次に黒沢さんを抱く時は、思いっきりイジメてしまいそうだ。

「美鈴ちゃんって美人だし、勉強できるし、運動できるし、完璧だからわたし……ずっと手のかかる妹みたいに思われてて……」

「完璧……」

思わず、黒沢さんのみっともないアヘ顔が頭を過《よぎ》って、僕は苦笑する。

(いや……まあ、あれはあれで別の意味で完璧なんだけど)

「わたしね……中学校の時に、粕谷くんが同じクラスになったの。その時に読んでた小説の主人公にそっくりで、わたし……一気にぽーっとのぼせ上がっちゃったの。たぶんアレが初恋なんだと……思う」

(なるほど……昔から好きだったたってことね)

「美鈴ちゃんに相談して、勇気を出して告白して……でも他に好きな人がいるからって、あっさりフラれちゃった。で、粕谷くんが好きな人って、実は美鈴ちゃんで……」

(あれ？　なんかおかしくない？　あの二人が付き合いだしたのって、確か去年の終わりぐらいじゃなかったっけ？　粕谷くんが昼休みに、陽キャ連中の前で恋人宣言してて、僕は『知るかボケ』って、やさぐれた覚えがあるんだけど)

「わたしも知らなかったんだけど……美鈴ちゃんはわたしのことがあるから、粕谷くんの告白を何度も何度も断りつづけてたんだって。でもね、去年のクリスマス前にね。美鈴ちゃんがすごく辛そうな顔して言ったの」

そこで、彼女は声を震わせた。

「『もう断れないよ……真咲。付き合っていい？　純くんの彼女になってもいい？』って。ダメなんて言えないよね、そんなの……」

なるほど、それはキツい。

だが、同情したとしても、そんなの僕を裏切った言いわけにはならない。

「……思い知らされちゃった。ああ、やっぱり美鈴ちゃんには勝てないんだなって」

そして、この一言で僕は確信した。

真咲ちゃんにとって重要なのは粕谷くんの存在ではなくて、黒沢美鈴に勝つこと、彼女を追い越すことなのだと。

「粕谷くんのことも吹っ切ったつもりだったんだけど……でもね。美鈴ちゃんが行方不明になって、照屋さんとか他の女の子が、粕谷くんの周りに集まるようになって……思ったの。今なら、美鈴ちゃんに勝てるんじゃないか……って。美鈴ちゃんから彼氏を奪い取れるんじゃないかって。ね、ひどいでしょ。最低だよね……でも、結局フラれちゃった。あはは……やっぱりわたしは、美鈴ちゃんには勝てなかったんだよ」

この洗脳プランを始める前に、リリがこう言っていた。

女の子が悩みや罪の告白をする時、求めているのは建設的な意見じゃない。だから、男と女はわかり合えないのだと。彼女のために必死に考えて意見を言っても、それは絶対に彼女の心を打たないのだと。だって、答えは既に、彼女の心の中にあるのだから。

ただ、それを認めてほしい。共感してほしい。肯定してほしいだけなのだ……と。

だから僕は、彼女が望んでいる言葉を与える。彼女の全てを肯定してやるだけだ。

「それって、粕谷くんに見る目がないだけなんじゃないの？　僕は黒沢さんにラブレター出そうなんて思わなかったけど？」

「え？」

《美鈴ちゃんよりわたしのことが好きっていう意味？　でもそれって、美鈴ちゃんに彼氏がいるから、妥協してわたしってことでしょ？》

（そこまでひねくれた物の見方しなくても……）

思った以上に、真咲ちゃんのコンプレックスが根深い。

「じゃ、じゃあ……木島くんって、わたしのどこが好きなの？」

「最初は顔」

「えぇ……」

「仕方ないでしょ、可愛いんだもん。好みにどストライクだったんだよ。で、次に一緒にいて楽しいところ」

「……楽しいの？」

「そうだね。今も楽しいし、こんな状況なのに楽しい」

《そ、そうなんだ……でも本当は胸なんでしょ？》

（そこは自覚があるんだ……）

僕は、思わず苦笑する。そりゃまあ否定はできない。デブでもないのに身長一四〇センチ代で胸囲一〇〇センチ越えは、奇跡の体型としか言いようがない。

「男の子って胸ばっかり見てくるから……木島くんもそうなんだって思ってた」

「あー……そこは我慢してた。真咲ちゃんは天使だから、そういう目で見ないようにって……」

「て、天使!?」

そこで彼女は、ヒステリックな声を上げた。

「で、でもわたし！　友達を裏切ろうとしたんだよ！　酷い子なんだよ！　美鈴ちゃんにどんな顔して会えばいいかもわかんないし！　今、こうなったのも、きっとわたしが消えちゃいたいって思ったから！」

彼女の声が潤んだ。

きっと、ここが潮目だ。流れを変える時だ。

暗闇の中、僕は足音を殺して、彼女のほうへと歩み寄る。

多少の同情はする。コンプレックス塗れ。黒沢さんへの劣等感に苦しんでいる。

それはわかる。

でも、僕を裏切ったことには変わりがない。僕を傷つけたことに変わりはない。

だから僕は、キミを僕に夢中にさせて、二度と恋ができないぐらいの傷をつける。

「確かにキミは酷い子かもしれない。でも僕は、そんなキミが好きで好きで堪《たま》らない。いいよ、消えたいなら、このまま僕が一緒に消えてあげる」

「……っ!?」

暗闇の中に、彼女の息を呑む音が聞こえた。

僕は正面から彼女を抱き寄せる。僕の胸板に彼女の豊かな胸の感触。

思わず、頬が緩みそうになるのを我慢して――僕は、彼女の唇を塞いだ。

✖カノジョノシルシ

「ん、んんっ……」

《えっ、えええええぇっ!? キスされちゃってる!? タンマ！ 待って！ 待ってってってば！》

唇が重なり合っても尚、互いの顔すら見えない真っ暗闇。

口を塞《ふさ》いでも、彼女の心の声は騒がしかった。

（……待てるわけないだろ）

身を捩《よじ》ろうが、顔を背けようが、離したりなんかしない。僕は強引に唇を割って、彼女の内側へと舌を侵入させる。

《あ、あわ、わ⁉　し、舌が入ってきちゃった。ど、ど、ど、どうしよう》

どうしようも、こうしようもない。

黒沢さんを洗脳する時に僕は、キスと愛撫だけで女の子を絶頂へと導く特訓をこなしている。男性経験のない真咲ちゃんがどれだけ抵抗しようと、口内に侵入した時点で既に勝負はついていた。

「ん、はぁん、んんっ……ゃ、だめ……んんっ……」

歯茎をなぞり、つるりとした上顎を舐め上げ、ざらりとした舌先を絡め合わせる。

「じゅるっ……はぁ、はぁ、あぁ……はぁっ……んんっ……」

彼女の唾液を啜《すす》りながら、僕の唾液を流し込めば、途端に彼女の吐息に甘いニュアンスが溶け始めた。

《な、なんで……こんなに上手なのぉ……もう、むりぃ、抵抗できないよぉ……》

抵抗させるつもりなんて最初からない。

指先で彼女の背骨をなぞり、肩甲骨の形に沿って撫で上げる。

「ひっ……くすぐっ……あん、いやん……はぁ、はぁ、はぁ……」

続いて、脇腹をくすぐるように指先を這わせ、ピクリと跳ねる身体を押さえつけた。

そして――

「んっ！　んんっ!?」

脇腹を駆け上がった指先で、彼女の乳房を鷲掴みにする。

《やん、痛いよぉ。乱暴にしちゃ、ヤダ！》

彼女の心の声は本気で拒んでいる。だが、これはただのプロセスだ。気に留める必要はない。

僕は、キスで口の中を蹂躙《じゅうりん》しながら、彼女をベッドの上に押し倒した。

手足をじたばたさせる真咲ちゃん。だが、その抵抗は弱々しい。

掌には、あまりにも巨大な肉鞠の感触。巨乳、超乳を通り越して、もはや奇乳の域である。

一体カップ数はどれぐらいになるのだろう。巨乳物のＡＶで見た、Ｈカップの女優さんぐらいありそうに思えた。

黒沢さんや涼子とも全く違う感動的な柔らかさ。十分の一ぐらいで良いから藤原さんに分けてあげたいと思うのは、余計なお世話だろうか。

今は真っ暗で見えないけれど、この巨大な乳房の先端部分には、彼女の童顔からは想像もつかないような下品な乳輪がある。

そう思えば、異常なまでに興奮させられた。

僕が唇を離すと、彼女は息を荒げながら声を漏らす。

「……恥ずかしいよぉ。胸……そんなに、揉んじゃいやぁん」

イヤよイヤよも好きのうち。ご要望にお応えして、乳首を指の間に挟みこんで擦りあげると、みるみるうちに彼女の乳首は勃起して硬くなっていった。

「あ、あんっ、あん……やんっ、はぁ……はぁ……」

(感度も良好。デカいと感度が悪いって聞くけど、それってウソだな)

「乳首こんなに硬くして……真咲ちゃんのエッチ」

「あん、ち、違うもん！　っ……エッチなんかじゃないもん！」

《わ、わたしって、もしかしてすごくエッチなの？　乳首ビリビリってしてして、すごく気持ち良くなってきてる》

「ウソ吐いてもダメだよ。真咲ちゃんの身体は、もっともっとしてほしいって言ってる」

そう言いながら、僕は両方の乳首を抓《つ》まんで、指先でくじる。

「ちがっ……あん、ひぃぃぃぃ!?　乳首抓《つ》まんじゃいやぁぁ……」

くりっくりっと勃起乳首を転がすと、コリコリに硬くなったそれを屹立させながら、真咲ちゃんはビクンビクンと身を震わせた。

《ダ、ダメっ、これ以上、気持ち良くなっちゃダメだよぉ……》

大して焦らしてもいないのにこの反応。どうやら真咲ちゃんの弱点は乳首らしい。ならば、徹底的に責めるしかない。

「すごく身体火照ってきてるし、顔もそんなに蕩けて……だらしない顔になってる」

ウソである。表情なんて全く見えていない。

「見ちゃ、イヤぁ……」

真咲ちゃんが両手で顔を覆う気配がして、肘が胸を寄せ上げる。

丁度いい。僕は左右の乳首をつまんで胸の真ん中へと引っ張り、一気に口に含んだ。

それを赤ん坊のようにチューチュー吸い上げると、彼女は大きく身を仰け反らせる。

「ひゃん、あ、あっ、やっ……ら、らめっ、すっちゃらめっ、あ、あ、そんな、両方なんて、すごくエッチらよぉ……」

声が随分甘く蕩けてきた。僕は気を良くして彼女に囁《ささや》きかける。

「黒沢さんのおっぱいじゃ、こんなことできないからね。真咲ちゃんのおっぱいのほうが、いいおっぱいだよね」

「あん、そんな褒め方されてもぉ、嬉しく……っ、なぁいい」

《そうかな……えへへ、わたしの胸のほうが良いんだ、えへへ。そうか……美鈴ちゃんよりわたしのほうが良いんだ……》

（喜んでんじゃねーか！）

やはり、彼女の中で黒沢さんへのコンプレックスはかなり大きい。それだけに、口でどれだけ取り繕おうとも「黒沢さんよりも良い」という表現は、彼女の気分を良くするらしい。

僕は、乳首を口に含みながら、舌でレロレロと転がしてやる。

「はぁうん!?　にゃ、やっ、あん、あん、ああっ……あ、あ、あ……」

《ウ、ウソ！　めちゃくちゃ感じるっ、ナニコレ、ナニコレっ!?》

その反応は劇的だった。

彼女は手で顔を覆いながら、左右に激しく頭を振る。どうやらめちゃくちゃ効いてるらしい。

このままイかせてしまうのも良いけれど、折角だ。僕は彼女をもっと恥ずかしがらせたい。彼女の恥じらう顔を見てみたい。『独白《モノローグ》』の効果が切れてしまうのを覚悟して、僕は灯《とも》りを点すことにした。

『ランプ設置《ふぁんふへっひ》』

「え……？」

乳首を口に含みながら呟くと、途端に枕元に小さなランプが現れて、暗闇の中に真咲ちゃんの戸惑いの表情を浮かび上がらせる。

幼げな丸顔。黒目がちの大きな目は蕩け、肩までの栗色の髪。その前髪が、汗で額に張り付いていた。なんだかんだ言ってもやっぱり、可愛いものは可愛い。

彼女は自分の乳首に吸い付いている僕と目が合うと、悲鳴じみた声を上げた。

「きゃぁあああああっ！　見ないでぇ、木島くん！　見ちゃダメっ！」

快楽に蕩けた表情。頬は真っ赤に上気している。それを必死に隠すように、彼女は手で顔を覆う。

僕は、乳首からちゅぽんと口を離すと、彼女の耳元で囁《ささや》きかけた。

「今の真咲ちゃん、最高に可愛いよ。黒沢さんなんて、足下にも及ばないぐらい」

「いやぁん、言わないで、言わないでぇ……」

「そのエッチな表情も、大きめなおっぱいも、すごくすごく可愛い。だれがどう見ても真咲ちゃんの圧勝でしょ、こんなの」

「恥ずかしいから、可愛いとか言わないでよぉ……」

もう心の声は聞こえてはこないけれど、きっとすごく喜んでいるはずだ。

僕は、そのまま乳首から乳房、お腹からお臍《へそ》へと舌を這わせていく。人並み以上に薄いヘアを唇で引っ張ると、彼女は羞恥に身を捩《よじ》った。

彼女の股間を眼の前にすると、興奮は天井知らずに跳ね上がる。何せ、ラブレターを書くほどに恋い焦がれた女の子の秘部。誰も知らない秘密の園は、綺麗な桃色のフリルみたいな小陰唇が重なりあっていた。

「やっぱり真咲ちゃんは、こんな所まで可愛い。ぷっくり土手高で、すごく綺麗なピンク色だ」

流石に変態っぽいなと思いながら、あえて口に出してみる。

途端に足を閉じようとする真咲ちゃん。でも僕はそれを許さない。恥ずかしさが限界を振り切ったのか、彼女の口からは、「ううう……っ」と押し殺したかのような呻《うめ》き声が零《こぼ》れ落ちた。

指先で濡れそぼった陰唇を少し開くと、溢れだした蜜が可愛らしいお尻の穴のほうへ、とろりと流れ落ちていく。

鼻先を近づけるとレアチーズケーキに酷似した香りが立ち込めた。男を誘う発情したメスの匂い。僕にしてみれば、ここしばらくの間に幾度も嗅いだ匂いだ。

余談ではあるが、最近はレアチーズケーキの匂いを嗅ぐと、即座に勃起するようになってしまった。我ながら結構な変態である。

「ひゃ、あっ、ああっ!?」

零《こぼ》れ落ちる蜜を舌先で舐め取ると、彼女の身体がビクビクビクッと大きく痙攣《けいれん》した。さらに舌先を硬く伸ばして、肉襞《にくひだ》を縦になぞってやると、彼女の声が甘く蕩けていく。もちろん愛撫の手も止めない。内腿《うちもも》をあえて、いやらしい手つきで撫でまわしてやる。

「んっ、ふーっ、ふーっ……、んんっ……」

股間から彼女の顔を見上げると、彼女は口を手で押さえて、こみ上げてくる声を必死に我慢していた。いじらしい抵抗。だが、無駄な抵抗だ。

僕は、指先で彼女の秘裂を左右一杯に広げる。サーモンピンクの膣前庭の奥に、真紅の膣孔がヒクヒクと誘うように口を開けているのが見えた。

秘裂の端、襞《ひだ》の尽きる先には、包皮を脱ぎ捨て充血しきったクリトリスが、むっくりと顔を覗かせている。

僕がそれを唇で甘く啄《ついば》むと、彼女は大きく身を仰け反らせた。

「あひっ!?　びりって……きたぁ……な、何……？」

彼女は明らかに戸惑っていた。この反応は、どうやら自分で弄ったこともないらしい。

ゾクゾクする。

誰も踏み荒らしていない新雪の上に足跡をつけるような、そんな感覚。もう我慢できない。

僕は夢中になって、彼女のクリトリスを蹂躙《じゅうりん》した。舐め上げ、吸い上げ、歯を立てて甘噛みした。

「いやっ、いたっ、あ、あひっ、ひぃ、いたぃよぉ、やめっ、あぁん……あっ、あっ、あっ、ああっ……んっ……あ、あ、あ……」

あまりにも鋭い快感は、痛みに似ている。

眉を顰《ひそ》める彼女の表情が、再びトロンと溶けていく光景に、僕はすごく興奮した。

止められない。それから三十分ほども経っただろうか。我を忘れて、ひたすら彼女の股間を嘗め回した結果、顔を上げると彼女の顔は、だらしなく蕩け切っていた。

「はぁ、はぁ、はぁ……」

耳まで真っ赤。ぐったりと横たわる彼女は、顔を背けたまま荒い呼吸に胸を上下させている。

ここまでくればもう、されるがまま。もはや、V字開脚状態で股間をさらしきっていても、足を閉じることすらできないらしい。

僕は彼女の上に覆い被さり、再び彼女に顔を寄せて口づけすると、抵抗することもなく彼女の唇は、僕の舌を招き入れた。

「んっ、ちゅっ……ちゅぱっ……あっ……」

むしろ、待っていたとばかりに、彼女の舌が僕の舌に絡みついてくる。

(頃合いだ)

「真咲ちゃん……真咲ちゃんを僕のカノジョにするから。これは告白じゃないよ。もう決定したことだから」

「ふぇっ……わらしぃ、ひじまひゅんの、かのじょらのぉ……？」

そこはかとない幼児性を感じさせる、ふわふわした物言い。彼女は蕩け切った顔で首を傾げた。

「そう。今からその印をつけるから」

僕は自分のモノを握って、彼女の膣へと宛《あ》がう。ちゅぷっと尖端に濡れた感触。ゆっくり力をこめて、腰を押し込んでいく。

「ひっ!?　や、いやっ、ムリっ!?」

それまで蕩け切っていた目が大きく見開かれて、彼女は僕の背中に爪を立てた。

ミチミチミチッ！　っと僕のモノが、固く閉じられた処女膣を押し広げていく。そして――

「い……た……ぁっ！」

彼女が苦しげに顔を歪めたのと同時に、処女膜に到達した亀頭の先端が、強引に彼女の最奥へと侵入した。

「あっ、あ――――っ！」

ブチン！　と、処女膜の破れる微かな感触。彼女の悲鳴と共に、残りのリーチが完全に埋まり切る。下腹部同士がぶつかり合って、僕のモノの全てが彼女の内側へと潜り込んだ。

黒沢さんの時とも、涼子の時とも違う。処女特有の締め付け。圧倒的な包まれ感。

「うぅっ……痛いよぉ……痛いよぉ……」

目じりに涙を溜めながら呻《うめ》く彼女を見下ろして、僕は思わず口元を歪めた。

あれだけ焦がれた女の子を、自分を裏切ったこの女を、自分の手で女にしたのだ。征服したのだ。そう思うと、カタルシスの塊がゾクゾクッと背筋を駆け上がっていく。

「大丈夫？　真咲ちゃん」

「ううう……なんで、こんな酷いことするのぉ……」

「酷いこと？　大丈夫だよ、すぐに気持ち良くしてあげるから」

「んぁっ……!?」

僕はたった今、膜を破られたばかりの膣から、亀頭だけを残して肉棒を引き抜く。肉幹はびっしょりと濡れ塗れて、ところどころに鮮血を纏《まと》わりつかせていた。

僕はゆっくりと腰を動かし始める。長いストローク。ゆっくり、ゆっくりと腰を押し込み、ゆっくり、ゆっくりと腰を引いた。

ゾリッ、ゾリッと粘膜同士が擦れ合う感触。

「ひっ、い、痛い……っ！　痛いよぉ……」

彼女は眉間に皺を寄せ、苦痛を訴え続けてくる。

だが、そんな状態がしばらく続くと、ある時を境に真咲ちゃんの声のトーンが急に変わった。

「あ、あれ……何これ……!?　っ……！　あっ、あぁん、あっ……」

僕のモノが彼女の中をゆっくりと擦り上げる度に、彼女の声が蕩けていく。

「あんっ……え、えっちって、こ、こんなに……？　あん　ちょ、ちょっと待っ……あっ……」

そこからは、もうなすがまま。僕が肉棒を引き抜こうとすると、逃すまいと彼女の膣が浅ましく締め付けてきた。

「あっ、あっ、あん、あん、あん、あ、あ、あ、あ……」

抽送の速度を上げるに連れて、彼女の喘ぎ声がリズムに乗り始め、覆い被さるように彼女の頭を抱きかかえると、二人の間で彼女の豊かな胸がふにょんと潰れる。

知らず知らずの間に、彼女の手足は僕の身体に絡みついて、しがみつくような体勢になっていた。

次第に速さを、そして強さを増していくピストン運動。

「あっ、あひっ！　あん、あんっ、あ――っ！」

ずちゅっ！　ずちゅっ！　と卑猥な水音に合わせて、彼女は激しく髪を振り乱して身悶える。

もはや目を閉じる余裕もなくなっているのか、彼女は大きく目を見開いて、僕と視線を合わせながら、ただただ汗ばんだ裸身を揺らしていた。

「ひしまひゅん、しゅ、しゅきっていってぇ！」

「好きだよ、真咲！」

「あ、あっ、わらしのろこがしゅきっ？」

「全部だよ、すごく可愛いよ」

「えへへぇ……やん、あっ……みしゅじゅひゃんよりもぉ？」

「比べ物にならないね。真咲は世界で一番可愛い」

「えへへ、あん、あん、あっ……ひしまひゅん、しゅきぃ、らいしゅきにらっひゃったぁ……」

彼女に「好き」と言われるのは嬉しいし、興奮する。だが、もはや彼女は正気ではないだろう。既に失神寸前。うわ言みたいなものだ。

「しゅごぃ……おひんひんってこんなにしゅごぃんだぁ……えへへ、バカになっひゃう、わらし、バカになっひゃうよぉ……ひじまひゅん、バカになってもひらいにならられぇ……」

（……ラストスパートだ！）

こみ上げてくる射精欲求を叩きつけるように、僕は荒々しく真咲ちゃんの膣内を抉《えぐ》り、彼女は串刺しにされて、はしたない喘ぎ声を上げた。

「あぁああっ！　あっ、お、おぉっ、ほっ、ひゃ、あっ、あん！」

（ああ、ヤバい、ヤバい！　イキそう、イクっ！）

僕は胸のうちで叫びを上げる。股間で欲望が渦を巻いている。もっとこの快感を楽しみたいという思いと、早くイってしまいたいという思いがぶつかりあう。堤防は決壊寸前、絶頂の巨大な波が押し寄せてこようとしていた。

「おぉおっ！　射精《だ》すよっ！」

獣じみた絶叫。ぶるっ！　と、一瞬の武者震いにも似た痙攣《けいれん》に続いて、彼女の奥深くに突き刺さったままの肉棒が弾ける。

どぴゅっ！　びゅるゅるる！　びゅる、びゅるるる！

「あぁっ!?　れてる！　びゅーって、らされてるよぉおおぉ！　へ？　何、やら、き、きもちぃぃぃいいい！　イ、イクっ！　イクぅうううう！」

彼女は激しく身を痙攣《けいれん》させながら、身も世もない喘ぎ声を上げ、僕の背中に爪を立てる。

初めての膣絶頂。今、彼女の内側では、凄まじい快感が渦巻いているのだろう。

ビクンビクンと僕のモノが脈動する度に、彼女の身体が痙攣《けいれん》する。やがて最後の一滴まで奥に注ぎ込み終えると、僕は彼女の上へと倒れこんだ。

身体の下で、ふにょんと潰れる彼女の大きな胸。その柔らかな感触を味わいながら、僕は静かに彼女の髪へと手を伸ばす。

すると、彼女は呼吸を荒げながら、蕩け切った顔に微かな微笑みを浮かべて、こう言った。

「はぁ、はぁ……かのじょのしるし……つけられちゃった……」

第六章　藤原舞の愛が止まらない。

好きになった人が好みのタイプ

「羽田真咲の状態が『屈従』へと変化しました。それに伴い、以下の機能をご利用いただけます」

「・部屋作製レベル4——同時に十二部屋までご利用いただけます」

「・家具設置レベル3——室内に、まあまあ豪華な家具を設置できます」

「・特殊施設設置（プール）——プールを設置できます」

「・麻痺《スタン》——部屋の中にいる者を麻痺させることができます」


いつも通りの電子音が鳴り響いて、これまたいつもの、男だか女だかよくわからない合成音がそう告げた。

（やったっ！）

僕は胸の内で快哉を上げる。

真咲ちゃんの様子を見る限り、やはりこの音声は僕にしか聞こえていないらしかった。

（それにしても、『麻痺《スタン》』って……なんか物騒な感じだな）

真咲ちゃんの状態は『屈従』。

屈従ってことは、彼女の中にまだ拒否する気持ちが残っているということだろうか？

だが、腕の中の彼女を見る限り、正直そうは思えない。単純に、隷属までの三段階の一段階目ぐらいに捉えたほうが良いのかもしれない。

今、彼女はベッドに横たわる僕の胸を枕に、身を寄せて呼吸を整えているところ。

汗に塗れた身体は生々しく、股間から滴り落ちる鮮血交じりの精液で、彼女が足を絡めた僕の腿《もも》がべとついた。

胸元に感じる彼女の吐息は熱く、その頬はもっと熱い。潤んだ瞳とピンク色に染まった頬が、本当に可愛らしかった。

後戯というわけでもないのだけれど、僕はベッドに横たわり、彼女の身体を抱き寄せて、優しく愛撫し続けている。

小柄な身体に肩までの栗色の髪。丸顔で童顔。控えめで大人しいけれど、にっこり笑うとお日さまみたいな女の子だ。

そんな子が今、発情したメスの顔をして僕に縋《すが》りついている。そう思うと、射精《だ》したばかりだというのに、早くも股間が脈を打った。

(ヤバい……また勃《た》ってきちゃったよ)

とはいえ、処女を失ったばかりの女の子を相手に、流石に二回戦は気が引ける。生々しい言い方をすれば、膣の中を怪我してるわけだし……。

何より彼女には恋人として、僕なしでは生きていけない。そう思うぐらいまで愛してもらわなければならないのだ。これ以上の強引なセックスは、マイナスにしかならない。

次第に落ち着きつつある呼吸。優しく髪を撫でると、彼女は心地良さげに目を細めた。

だが、そのすぐ後に、彼女は少し不安げな顔で僕を見上げる。

「あのっ……文雄くん」

「何？」

「その……舞ちゃんに悪いことしちゃった」

「舞ちゃんって藤原さん？　なんで？」

「だって……わたし、舞ちゃんの彼氏とこんなことになっちゃって……」

思わず、溜め息が零《こぼ》れ落ちる。

(やっぱり皆、そんな風に誤解してるんだ……)

やはりあの黒ギャルとは、多少距離を取ったほうが良いだろう。彼女だって復讐の対象なのだ。周りから彼氏などと思われていては、下手に監禁することもできない。

「ちょっと待って、それ勘違い！　勘違いだから。僕は藤原さんとなんでもないんだって！」

「え……でも舞ちゃん、すっごい惚気《のろけ》てたよ。『もー、ふーみんったら、あーしに夢中でぇ、結婚してくれなきゃ死んじゃうって泣いちゃうんだから』って。だから文雄くん、一部の女子の間じゃ子泣き彼氏って呼ばれてるし……」

「こ、子泣き彼氏？」

「あはは、ちょっとした妖怪扱いだよね……」

(あのド貧乳っ！　……ぶっ殺ス！)

「と、とにかく！　僕と藤原さんは彼氏でもなければ彼女でもないから！　むしろ一方的に絡まれて、困ってるぐらいなんだってば！」

「そう……なんだ」

彼女は、ホッとしたような顔をする。そして、少しモジモジするような素振りを見せながら、耳元に囁《ささや》きかけてきた。

「ふーみーおーくん」

「何？」

「えへへ……えーとね。好きになったヒトが好みのタイプっていう女の子いるでしょ？」

「うん」

「わたしね、あれ……ウソだと思ってたの、自分の好みを言いたくないだけなんだって。でもね。今、すっごくわかる」

「そうなの？」

「こうやって文雄くんの顔を見るとね。『あ〜好きっ！』って、なっちゃうんだもん」

そう言って、彼女は「んふふん」と幸せそうに笑いながら、頬にちゅっと口づけてくる。

「でもまあ、僕のほうが真咲ちゃんのこと好きなんだけどね」

「なんで、そこで張り合おうとするかな……」

彼女は、一瞬呆れたような顔をした後、ニコリと微笑んだ。

「そんなに言うなら、文雄くんの『羽田真咲の好きなところ』ベストテンをどうぞー！」

「あ、それ言わせちゃうの？」

「そんなにない？」

「十じゃ、全然足りない」

僕と彼女は、額を触れ合わせながら、クスクスと笑った。

余りにも糖度の高すぎるやり取り、初々しいカップルの会話。憧れながら、今まで得られなかったものだ。

冷めた見方をすれば、二人だけで閉じ込められているからこそ、こうなったと言える。

もし、世界に存在するのが二人だけなら、誰でも、どんな相手とでも、こうなるものなのかもしれない。

ただ、今は役得だと思って楽しむことにする。

そこから先は、ひたすらイチャイチャした。

何度も何度もキスをした。ずっと彼女の胸を揉んでいた。こんな揉みごたえのあるおっぱいがそばにあって、揉まないなんていう選択肢はない。

最初は恥ずかしがっていた彼女も、途中からは好きにさせてくれるようになった。時々乳首を触ると、可愛い声を出して身を跳ねさせる。そして決まって「もー」と頬を膨らませるのだ。

「……可愛い」

「ふふっ、文雄くん。さっきからそれしか言ってないよ」

「可愛いものは、可愛い」

どれぐらいそうしていただろうか。

人肌の温もりは眠気を誘うのだ。彼女はいつのまにか僕の胸に縋《すが》りつくように、安心しきったような表情で寝息を立てていた。

(寝ちゃったか……)

　僕が胸の内でそう呟くのとほぼ同時に、宙空からリリが姿を現す。

「眠ったみたいだから、一応ピン止めしといたデビよ」

「ああ、ありがとう」

「で、ここからどうするデビ？」

「そうだね。まだ痛そうだし、今日は、このままゆっくり寝かせてあげようかな」

　僕は、真咲ちゃんの身体をそっと押し退けて、静かに身を起こす。そしてベッドを降りると、リリが揶揄《からか》うようにこう言った。

「あはは、優しいデビな。惜しくなったデビ？」

「そりゃちょっとはね……でも、ここで日和《ひよ》ったりしないよ。真咲ちゃんは僕を裏切った。それ以上でも、それ以下でもないから。それよりも……彼女を使えば、黒沢さんを完全に堕とすことができるんじゃないかと思うんだけど……」

　ベッドで知った彼女のコンプレックス。僕は、どうにかそれを利用できないかと考えた末に、思いついたことを、リリへと告げる。

「面白いデビ！　実に悪魔的デビ！」

　一瞬、目を丸くした後、リリは愉快げに手を叩いた。

「そのやり方だと、意図したのとは違う結果が出る可能性もあるデビが、それも含めて実に面白いデビ！」

「違う結果？」

「まあ、まあ、良いじゃないデビか。折角フミフミが自分で考えたんデビ。思う存分やってみるデビよ。どちらにしろ、やることは一緒デビ。おっぱいちゃんが、フミフミから離れられなくなるように、もっともっと、イチャイチャラブラブするデビ！」

とはいえ、さっき言った通り、今日は真咲ちゃんの相手はもうお終い。だからと言って、このまま大人しく眠れるかと言えば、それもまた無理な話である。

何せ、あの巨乳をずっと揉んでいたのだ。僕のモノは欲求不満げに天井を向いて、もっとやらせろと激しく訴えていた。

「リリ、今、何時ぐらい？」

「深夜の二時を少し回ったところデビ」

「二時か……」

一瞬、黒沢さんの所を訪れようかとも思ったのだけれど、真咲ちゃんとのやりとりで、彼女に踏みつけにされたのを思い出して、ムカムカしてしまった。

段取り上、次は彼女をラブラブエッチで可愛がる必要があるのだけれど、今のままじゃ多分、鬼ピストンのイジメックスしてしまうに違いない。

さて……どうしたものかと考えたところで、僕はハタと思い立った。

「ねえ、リリ。首輪とリードとか用意できる？　犬の散歩に行きたいなって」

「犬？　用意するのは簡単デビ。でもそんなの飼ってたデビか？」

「今晩って、涼子が家の前で張り込んでるんだよね？　美人刑事の野外お散歩プレイって、すごく楽しそうじゃない？」

寺島涼子はまだ堕ちる

時刻は、深夜二時を少し回ったところ。私は、ハンドルに肘をついてもたれかかった。

今となっては、バカ正直に張り込みをする必要などないのだが、お近くに侍《はべ》っていれば、もしかしたら、ご主人さまが呼び出してくださるのではないかと、バカみたいな期待をしてここにいる。

（ご主人さまは、今、何をしておられるのだろう）

決まっている。黒沢美鈴さま、羽田真咲さま。ご主人さまがお選びになったお嬢さま方の、いずれかを可愛がっておいでなのだろう。

もちろん、私は嫉妬できるような立場にない。ただ、お嬢さま方のおこぼれとして、時々可愛がっていただけることを望むのみだ。

こうやって、ご主人さまのことを考え始めると、すぐにお腹の奥が熱くなる。じゅんと股間が潤んでしまう。

ご主人さまのお部屋から解放されて自宅に戻ったその日など、本当に大変だった。

頭に浮かぶのはご主人さまのお顔ばかり。あのお方の姿を思い浮かべると、愛液が粘りと量を増し、指が止まらなくなる。

結局、出勤する直前まで私は、火のついたかのような激しい手淫に耽ったのである。

そして今、深夜の車中で、また私は股間に指を伸ばそうとしている。

(少しだけ……なら、きっと大丈夫)

そんなことを考えた瞬間、唐突にコンコンと助手席の窓をノックする音が響いた。

「ひっ!?」

慌てて音のしたほうに顔を向けると、勝手にドアを開けて、車に乗り込んでくる影がある。思わず身構える私に、その人物はニコリと微笑みかけた。

「こんばんは、寺島刑事」

すぐ隣を通り過ぎていく対向車。そのヘッドライトに照らし出されたのは、凛々しいお姿。愛おしいお顔。

「ごごごごご、ご主人さまぁ!?」

狼狽《うろた》える私をよそに、ご主人さまはシートベルトを締めながら、こう告げた。

「ちょっとドライブしましょうよ。末松公園まで行ってもらっていいですか?」

「は、はい! よよよよ、よろこんで!」

末松公園というのは、この辺りで一番大きな公園。鬱蒼とした松林の中に、長い散歩道が周回していて、デートコースとしても有名な場所だ。

突然のことに驚かされはしたが、ご主人さまとドライブができるなんて畏《おそ》れ多いこと。突然降って湧いた幸福に、私は思いっきりテンパった。

「ご、ご主人さま、あ、暑かったり、寒かったりしませんか?」

「あー、別に」

「な、何か、お飲みモノなどは……」

「あー、別に」

見事に空回りしている。

末松公園までの所要時間は十五分前後。お伺いしても良いものかと散々逡巡《しゅんじゅん》した挙げ句に、結局、私はご主人さまにお尋ねすることにした。

「こ、こんな時間に末松公園に、どういったご用件で……」

「あの公園って、覗きとか痴漢が多いって聞きますけど」

「ええ、まあ……我々も巡回を多めにしておりますが、危ないのはもう少し早い時間帯でございますね。この時間帯だと、流石にカップルもおりませんから……あの、それが？」

「聞いてみただけです。僕は只の散歩ですよ、寺島刑事。かわいい雌犬の……ね」

ちらりとご主人さまの手元を盗み見ると、赤い首輪とリードが握られている。

（キタ――――ッ！）

ヤバい。ヤバい。ヤバい！　嬉しい！　顔がにやけそう！　きっと、私のことを可愛がってくださるのだと思うと、浮かれてハンドル操作を誤ってしまいそうになる。

「公園内で、覗きとか痴漢の被害が多い所って、どこです？」

「は、はい！　第二駐車場を上がっていったところの林道ですが……」

「じゃあ、そこ……行きましょうか」

もう、この時点で大体想像がついていた。

野外露出のお散歩プレイ……覗きや痴漢がいるかもしれない林道を、首輪をつけて引っ張りまわされるのだと思うと、それだけでもう、あっさりイってしまいそうになる。

第二駐車場に辿り着く頃には、私は既に息も絶え絶え、軽いオーガズムを幾度か味わった後だった。

「はぁ……はぁ……ご主人さまぁ……着きましたぁ」

「えーと……一応聞いておくけど、想像だけで何回イったの？」

「その……三回、です」

「うん、僕、もう涼子の車には二度と乗らない」

「ええっ!? な、何か粗相がありましたでしょうか？」

「粗相も何も、運転してるヤツが突然ビクンビクンし始めたら怖いだろうが！ そのたびに車よれるし。死ぬかと思ったわ！」

「も……申しわけありません」

思わずしょんぼりする私に、ご主人さまは首輪を投げ渡してこられた。

「まあ、主人として期待には応えるよ。涼子、命令だ。それを着けろ」

「は、はい！」

気が付けば、呼び方が『寺島刑事』から『涼子』に変わっている。口調もキツめ、既にご主人さまの中では、調教モードに切り替わっておられるらしかった。

車を降りて、私は投げ渡された首輪を手に取り装着する。誂《あつら》えたようなぴったりサイズ。

「脱げ、涼子」

ご主人さまのその一言に、ピクリと身体が跳ねた。こんな時間でも、駐車場に面した国道を時折、車が通るのだ。誰かに見られないとは限らない。だが、ご主人さまの命令は絶対である。

私はまず上着を運転席に脱ぎ捨てると、肩かけのホルスターを外す。

私服警官の銃の携行方法は各々に任されているが、私は取り回しの容易さからこの、肩かけのホルスターを愛用しているのだ。

そして、スラックスを下ろし、ブラウスを脱いで運転席へと投げ入れる。

夜の野外で下着姿になるというのは、流石に恥ずかしい。だが、今日の下着には自信がある。ご主人さまにお呼びいただけるかもしれないという期待を込めて、一番高い下着を選んで身に着けてきたのだ。

黒の上下。それにご主人さまにお喜びいただきたい一心で購入した、ガーターベルトと網タイツである。

「いいね。似合ってるよ、涼子」

「あ、ありがとうございます！」

心の中でガッツポーズをとる。だが、その直後――

「じゃあ、下着は脱いで、タイツとガーターベルトはそのままでいいや」

「……え？」

（い、一番高い下着……なのですが……）

だが、私に反論などできよう筈がない。私は戸惑いながらも仰る通りにする。

ブラを外し、既に水気を含んでわずかに重くなっていたショーツをシートに脱ぎ捨てた。

「……あの」

「あはは……良いんじゃない。まさに雌犬って感じで」

あらためて自分の身体を見下ろすと、身に着けているのはガーターベルトに網タイツ、それに首輪だけ。おっぱいと股間は丸出し。そのうえ、乳首にはリングピアスで、下腹部には紋章のようなタトゥーが刻み込まれている。誰がどう見てもド変態。末期症状の痴女である。

「じゃあ、散歩を始めようか。四つん這いになってよ」

「は、はい、ご主人さま」

ご主人さまの足下に両膝をつき、両手を地面につく。普通ならあまりにも屈辱的な姿勢。だが、ご主人さまを見上げるような目線の高さに、これが正しいのだとさえ思えてきた。

「うん、涼子は良い子だね」

ご主人さまはリードを首輪に繋《つな》ぐと、軽く引き寄せながらこう仰った。

「じゃあ、散歩しようか」

「か、かしこまりました」

私がそう返事をすると、途端にパシン！　と、ご主人さまにお尻を力いっぱい叩かれる。

「ひんっ!?」

息が詰まる。何か粗相をしたかと慌てて顔をあげると、ご主人さまは、言い聞かせるように鼻先に指を突き付けてこられた。

「かしこまりましたじゃないよね？　涼子はメス犬なんだから。人間の言葉を喋っちゃダメだろ？」

「も、申しわけございません！」

思わず謝罪すると、再びパシッ！　と、お尻に平手打ち。

「そうじゃないだろ？　このバカ犬！」

「きゃうん……」

「そうそう、はは、その叱られて項垂《うなだ》れる犬っぽい感じは良いね」

褒められた。そう思うと途端に嬉しくなってくる。

「涼子、お座り」

素直に従って、私はその場に腰を下ろす。

「涼子、お手」

差し出される手に、すかさず手を乗せる。どうやらご主人さまは、徹底的に犬扱いするおつもりらしい。

年下の男の子にこんな扱いを受けて、普通なら惨めさに歯噛みしたくなるはず。

（なのに……なんで、こんなに嬉しいんだろう）

ご主人さまがかまってくださる。そう考えるだけで、もうすでに乳首が痛いほどに硬くなっている。ピアスが揺れる度に、微弱電流のような快感が走った。

「ああ、そうそう……今日は、涼子から人間の尊厳みたいなのを根こそぎ刈り取るつもりだから、覚悟しといてよね」

「わ、わん」

（ど、どうなってしまうんだろう、私）

そう考えると、ゴクリと喉が音を立てた。

「あ、そうだ、忘れてた」

そう言って、ご主人さまは唐突に、お召しになっているスウェットのズボン。そのポケットを弄《まさぐ》り始める。

「リリが用意してくれたんだけどさ。良い機会だし、これも試してみようか。使い方はわかる？」

そう言って、ご主人さまが取り出したのは、ピンク色の楕円形。

（……警察にいれば、押収物として目にすることもあるのでピンクローターぐらいは……知っていますが……）

「じゃあ、公園を一周しようか」

ご主人さまはそう仰るが、未舗装の砂利道を四つん這いで歩くのは、尋常でなく辛い。

そのうえ、ローターが膣の中に挿入されているのだ。今もブウィインと、機械音が響いていた。

ご主人さまがそのスイッチを握って、オンオフを繰り返したり、振動の強弱を変えたりする度に、膣壁を無機質な性玩具が刺激してくる。

「うひっ、ひっひっ……んぎぃいい！」

そして、その度に歩行を止めて身悶える私のお尻を、ご主人さまが容赦なく打ち据えるのだ。

お尻はすぐに真っ赤になって、ジンジンと熱を持った。

だが、ご主人さまは楽しんでおられるのか、ローター責めの手を緩めてくれる気配はない。

「はひっ!?　はぁ、はぁ、はぁ、んっくひっ……ふぐぐぐぅ……」

延々と続くローター責めに理性が溶かされて、本当に犬にでもなってしまったかのように、自然と口が開き、荒い息が漏れ出てしまう。

「はぁ……はぁ……はぁ……はぁ……はぁ……」

性の快楽を教え込まれた身体は、すぐに絶頂に向かって昇りつめようとする。でも、達してしまったら歩けない。辛い。気持ちいい。辛い……甘い、甘い、地獄である。

「遅れてるよ、涼子」

「わ、わん！　わわん！」

リードを引かれれば気だけは急くのだが、四足歩行での移動速度を上げることなどできはしない。既に、タイツの膝は綻んで、めり込んだ小石が痛い。どれだけの時間、雌犬散歩プレイを続けたのだろう。時間の感覚など、とっくになくなっていた。

「どうしたの？　もう限界？」

「くぅーん、くぅーん、くぅーん」

少し休ませてください。そんな思いを視線に乗せて、私は全力で媚びる。

「でも……身体は、もっとイジメてほしいって言ってるみたいだけど？」

そう仰ると、ご主人さまはピンクローターを引き抜いて、膣口に指を差し入れた。

「きゃん!?　あ……あんっ……」

完全に熟しきっただらしない膣洞は、もはやなんの抵抗もなくご主人さまの指を招き入れ、ご主人さまは第二関節まで挿入すると、くいっとわずかに指を曲げられる。そして、お臍の下の気持ち良いところを指で引っかかれた途端、頭の中で火花が散って、思考回路がショートした。

「ふぁあぁぁあああ！　ゆ、ゆびぃいい、イっちゃうぅ！」

身体が快感に正直すぎて困る。ピンクローターで高まりきっていた情欲が、ご主人さまの指のひと掻きで一気に爆ぜた。

全身から力が抜けて、そのままへなへなと座り込む。膣口から溢れ出たいやらしい汁が、内腿を滴り落ちて地面に水玉を描いた。

「はぁ……はぁ……イ、イってしまいました」

「満足しちゃった？」

「……いやですぅ。指だけじゃいやなんですぅ。お願いします。ご主人さまの逞しいおチ○ポを、この浅ましいメス犬にお恵みください。なんでもしますからぁ……」

もはや犬の真似をすることも忘れ、私はご主人さまの足下に縋《すが》りついて懇願する。

「仕方ない駄犬だな……まあいいや、僕はそこのベンチに座って休憩してるから、勝手にすればいいよ」

「か、勝手に……？」

「ああ、ヤりたければ、自分で挿《い》れろ」

「あ、あ、ありがとうございます！」

私は土下座をした後、ウキウキした気分で、ご主人様のスウェットのパンツをずり下ろす。続いて下着をずり下げると、ガチガチに勃起したおチ○ポが目の前で雄々しくそそり立った。

「あ……あぁ……すてき……」

先走り汁の滲む亀頭、ガチガチになったその雄渾《ゆうこん》の逞しさに、私は思わずうっとりしてしまう。

「いつまでそうしてるつもりだ？」

陶然と眺めていると、ご主人さまがリードを引っ張って私を促した。

「は、はい、ただいま」

私はベンチの上に立ち、ご主人さまの腰を跨ぐと、スクワット運動のようにM字を作りながら、おチ○ポ目がけて腰を下ろし始める。逞しい勃起おチ○ポを掴んで尖端を上向け、その先端に、トロトロに蕩け切った肉裂を擦りつけた。

「はぁあああん……」

それだけで、溜め息が出るほどに気持ちが良い。興奮が止まらない。そして、肉壺の入口を亀頭の先端に押し当てると、私はズンと一気に腰を落として、自らを刺し貫いた。

「あぁぁぁぁあああああっ……はぁ……はぁ……はぁ……」

私はゆっくりと腰を動かし始める。みっともないガニ股のスクワット運動。何度か抽送を繰り返しただけで、絶頂を迎えそうになる。とっくに下りていた子宮を逞しい肉槍で突き上げられると、内臓にジーンと波紋が広がって、喉の奥から嬌声が絞り出された。

「あんっ、はぁ、入ってるぅ、凄く奥まで入ってきますぅ……」

「涼子のアソコは気持ち良いな」

「はいっ、あん、あんっ……ありが、とうございます。変態涼子の浅ましいメス穴で……もっと気持ち良くなってくださいませ、あん、あんっ」

私は、ご主人さまの頭を胸に抱えながら、腰を上下に動かし続ける。

限界にまで勃起したおチ○ポがヌルヌルと引き抜かれ、完全に抜けてしまう直前で、蕩けきった蜜壺を再び抉《えぐ》る。その繰り返しが、猛烈に気持ち良かった。

「ははっ、必死だな、涼子。そんなに欲しかったのか？」

「ほっ、ほっ、ほしかった……れす！　ひっ、ひぃぃぃぃ！」

唐突にご主人さまが勢いよく腰を突き上げて、肉のぶつかるパンッという破裂音とともに、後頭部で火花が爆ぜる。

「刺さったぁ……！　ご主人さまのおチ○ポが……わらしの赤ちゃんの部屋に刺さったぁ……！」

子宮口を乱暴に突き上げられて、その、脊椎に通電されるようなショックに、私は危うく意識を飛ばしかけた。

「なんだ？　いやか？」

「う、嬉しっ、ひっ、ご主人しゃまぁ……嬉しぃぃれすぅ！」

私は頭を振り、髪を乱して、再び必死に腰を振り始める。呂律は既に怪しい。ご主人さまの剛直に、柔襞《やわひだ》を巻き込まれ、紅唇を捲り上げられながら、貪欲な往復運動を繰り返した。

私の膣は、もはや売女のソレのよう。あさましく涎《よだれ》を垂らしながら快楽を貪っている。

イきたい。早くイってしまいたい。頭の中はもうそれしか考えられなくなっていた。もうすぐイける。そう思った途端、突然、ご主人さまが私の腰を押さえた。

「あっ、いやん、ど、どうしてぇぇ……」

「いや、涼子の後ろの林の中に、人がいるね。こっちを見てる」

「ひ……ひと？」

「周りに何人もいるみたいだね。撮影とかされてたら、大変だね、淫行女刑事さん。テレビのニュースで、涼子の顔見ることになっちゃうかもね」

「えっ、えっ、えっ……」

「どうする？　今すぐ逃げれば、まだ間に合うかも……」

この姿を見た者は、どんな感想を抱くのだろうか？

勉学優秀、学生時代には、バスケで全国大会にも行った。署内でも優秀な警官の一人だと自負している。キャリア組の婚約者もいて、人生設計はバラ色……その筈だった。

その人生が台なし。どん底までの転落である。

変態刑事ご乱行と銘打って、テレビや雑誌に取り上げられるかもしれない。軽蔑に満ちた視線にさらされ、世界中から後ろ指を指されるのだ。

そう思うと、ゾクゾクした。

お腹の奥で、とりかえしのつかない快感が渦巻くのを感じる。

そうだ。墜ちてしまえばいいのだ。ご主人さまのお傍にさえいられれば、それで良いのだ。そして、ボロボロになるまで使い尽くしていただくのだ。

「いやぁ……このままイきたい。やめたくないれすぅ……どん底……まで、堕ち……てもいいから、イきたいぃぃぃぃ！」

私がそう声を上げると、ご主人さまはにんまりと笑った。

ああ、この方は本当に悪いお方なのだと……そう思った。でも、だからこそ、離れられないのだ。愛しているのだ。

「堕としてやる！」

途端に胎内を押し広げていた肉棒が、グググと肥大しながら動き出す。ご主人さまが腰の動きを加速させ、恐ろしいほどの勢いで私の奥の奥、一番奥を刺し貫いた。

「ひぃいい、あひっ、ひぁっ！　あぅうっ、ぅうっ！」

子宮口は滅多打ち、全身の血液が沸騰した。ぬちゃぬちゃと抜き差しされる度に、泡となった愛液が雁首に掻き出される。

「きちゃう！　ひぃっ！　きちゃう！　しゅごいのきちゃう！　ご主人しゃまぁ、イ、イ、イってもいいれすかっ！」

瞳孔が拡張し、涙が止めどもなく零《こぼ》れ落ちる。群発地震のように小さな快感の波が、いくつもいくつも私に襲いかかってきた。

「いいぞ、注ぎ込んでやる！」

「ご主人しゃまぁぁ……ください ぃぃ！　はやくしないぃぃと、おっおおおおおっ、くるっひゃう、おかひくなっちゃうっ、ぁあああああ！」

次の瞬間、お腹の奥で、亀頭が一回り大きく膨らんだ。

どぴゅっ、びゅるるるるっ！

「イくぅ、あぁぁぁぁっ！　イくぅぅ！　おマ○コイっちゃう。くるぅ！　しぬぅ！　ぢ、ぢ、ぢっぬぅぅぅ……ぁあああああああああ！」

子宮に精液を注ぎ込まれれば、身も世もなく喘ぎ狂うしかない。

この日、私はそんな浅ましい存在であることを、心の奥深くにまで改めて刻み込まれた。

✖好き好き大好きマジラブラブ。

時刻はもう朝方近く。僕は、ふらふらになった涼子を帰らせた後、ひと眠りすることにした。

(明日……いや、もう今日か。今日は土曜日だから、昼まで寝てても大丈夫だし)

なんだかんだ言いながら、それなりに疲れていたのだろう。ベッドに入るなり意識が遠のき、目を覚ました頃には、昼をとっくに回っていた。

「ふわぁ……」

欠伸を漏らしながら、トドみたいな鈍重さでベッドから這い出して、寝巻きがわりのスウェットのまま一階の居間に降りる。すると、両親が誰かと談笑している声が聞こえてきた。

「お客さん……？」

扉の間から頭だけを差し入れて居間を覗き込むと、テーブルを挟んで両親と談笑する女の子の姿がある。

若い女の子だ。年の頃は僕と同じぐらいだろうか。少しタレ目勝ちな美少女。上品なお嬢さまといった雰囲気の女の子である。黒く艶《つや》やかな髪に紺のカチューシャ。テニス焼けとかだろうか、日焼けした肌が清楚な白のワンピースに映える。

彼女は僕が見ていることに気付くと、華やかな微笑みを浮かべた。

「ごきげんよう。文雄さま」

(文雄さま? 誰だこの子。でも……どこかで見たことあるような……)

僕は思わず眉根を寄せる。だが次の瞬間、気づいた。気づいてしまった。

「うげぇっ!? おまえ、な、な、な、何、人ん家で寛《くつろ》いでんだよ!」

「もう、文雄! 照れくさいのはわかるけど、そんな言い方しちゃダメでしょ。折角、彼女が訪ねてきてくれたのに」

窘《たしな》める母さん。僕は、呆気に取られて声を震わせる。

「か、彼女って……」

「んもー、いつのまにこんな綺麗な彼女つくってたのよ。お母さん、びっくりしちゃったわよ!」

「まあ、お母さま。綺麗だなんて、そんな」

そう言って、彼女は恥じらうように頬を手で覆った。

猫を被るというのは。まさにこういうこと。髪は恐らくウィッグ。流石に日焼けした肌の色は変えようもないのだろうけれど……。

「正直、ワシには信じられんのだけどねぇ、本当に文雄と付き合ってるのかい、えーと……」

父さんがそう問いかけると、彼女は花のような微笑みを浮かべた。

「舞です。藤原舞と申します、お父さま。文雄さまとは結婚を前提に、清いお付き合いをさせていただいております」

夜討ち朝駆けは戦略のうちというけれど、実に恐ろしいことに、僕は今、恋する黒ギャル——藤原舞に本丸攻めを仕掛けられていた。

「ふ、ふ、ふ、藤原さんっ！　こ、ここじゃなんだから、ぼ、ぼ、僕の部屋に行こうか」

キョドりながら、僕は彼女の手を取って階段を駆け上がると、自分の部屋へと連れ込んだ。

「ふみおー！　あとでおやつ持っていくから！」

「いいよ！　そんなの！」

階下にそう言い放って、僕は部屋の扉を慌ただしく閉じる。

もちろん、藤原さんを部屋に連れてきたのは、二人っきりになりたいとか、エロいことをしたいとか、そういう理由じゃない。

これ以上、両親に適当なことを吹き込まれては、堪《たま》ったものじゃないからだ。

現段階でも既に、藤原さんが帰った後でノリノリの母さんに、どんなことを聞かれるのかと思うと頭が痛い。

ちなみにリリは、もちろん部屋の中にいる。藤原さんには見えていないのだろう。彼女は一瞬驚いたような顔をした後、興味津々といった様子でふわふわと宙に浮かんでいた。

「へぇ……これがふーみんの部屋かぁ、あーし、実は男の子の部屋って初めてなんだよねー」

二人だけになると、藤原さんはいつもの口調に戻る。

見た目は清楚なお嬢さまなのに、物言いだけがギャルというのも結構な違和感だ。

「えーと……確か男の子の部屋に来たら、最初にクズ入れのティッシュをチェックするんだっけ？」

「させねぇよ!?」

「じゃ……ベッドの下を」

「そんなベタなとこに隠すか！」

「ほうほう……今の物言いだと、他んとこにはあるってことだよね！」

「あーもう！　じろじろ見んなってば……おまえ、一体どういうつもりだよ！」

「だってさ、家に誘っても来てくんないし、デートしたいって言っても無視するし……土日会えなかったら、二日も会えないんだよ。無理でしょ、そんなの」

「無理じゃねーよ！」

「あーしはただ一緒にいたいだけなんだけどなー。そんな健気な彼女って可愛くね？」

「自分で健気とかいう奴は可愛くねーよ！　っていうか、そもそも彼女じゃねー！」

途端に藤原さんは、ぷぅと頬を膨らませた。

「へー……。ふーみんってば、彼女でもない女の子にキスしちゃうんだ。へー、そういうヒトなんだ。へー、びっくりだなぁー」

「ぐっ……」

あの時、勢いでキスなんぞしてしまった自分をぶん殴ってやりたい。

「……わかったから。ほら、こうやってもう会えたわけだし、とっとと帰れよ」

「えー……折角二人っきりなんだからさ」

そう言って、彼女はするするとワンピースの裾をたくし上げる。

レースに飾られた白いショーツがちらりと見えた。

「学校じゃできないことしちゃおうよ……。あーし今日、ブラもしてないんだ……よ」

確かにそう言われてみれば、胸元に全くといって良いほど、起伏が見当たらない。

「おまえ……なんでそれ、アピールになると思った？」

「ええっ!?」

溜め息交じりに告げると、彼女は愕然とした表情になる。

「だ、だってノーブラだよ！　ノーブラ！　清楚なお嬢さまがノーブラなんだよ！　すっげーエロいじゃん！」

「失格です。お帰りください。発想がおっさん過ぎるうえに、ソレ……ただの自爆です」

「じ、じばっ……ふーみん、ひどぃぃ！」

その時、ベッドの上に置かれた彼女の無茶苦茶お高そうなハンドバッグの中で、スマホがピロリンと音を立てた。

「あれ、メールの音？　なんだろ……お母さんかな」

彼女が怪訝《けげん》そうなのも理解できる。友達とのやりとりも大体SNSで済ませるご時世だ。最近は、メールを使うこともほとんどないらしい。らしい……というのは、僕にはまず、友達とのやりとりがないからだけれど。

だが、スマホの画面を目にした途端、いきなり藤原さんの表情が曇った。

「……お義父《とう》さんが、帰ってこいって言ってるから、あーし帰るね」

彼女は俯《うつむ》き加減のままに、ハンドバッグを手にとると――

「かれぴっぴなんて言ってごめん。……もう二度と言わないから」

そう言い捨てて、振り返りもせずに部屋を出ていく。

「……なんだ、ありゃ？」

彼女の態度、その突然の変化に、僕としては戸惑うしかなかった。

×××

「さってと……、来てくれるかな？」

足がつかないように、ネカフェからフリーメールで送信。舞ちんには、まだ誰が自分を脅迫してきたのかわからないはずだ。

光ちゃんは、純との間を取り持てば、舞ちんを好きにさせてくれるとは言ってたけど……ハードル高すぎでしょ？　純が光ちゃんに靡《なび》くとは到底思えない。

一応その場で純にメッセを送って俺と純、それと光ちゃんの三人で遊ぶ約束は取り付けたものの、上手くいかなくて約束を反故《ほご》にされるのは目に見えている。

だから俺はあの後、光ちゃんに必死に頼み込んだ。「その下着姿のヤツ、ズリネタにくれよ、同級生のそういうのって、すげー興奮すんじゃん」って。

そしたら照屋ちゃんってば、すっげー気持ち悪いもん見るみたいな顔してさ。「これで充分でしょ」って、もっと露出の少ないのを送ってくれた。ブラウスの前が開いて、ブラがちょっと見えてるぐらいのヤツだ。

こんなのでヌケるかっつーの。でも、とりあえずはこれで十分。

これさえあれば全裸の写真まで全部持ってるって、ハッタリをかますことができる。

一回ハメて、そん時にハメ撮りの一つも撮れば、もう逆らうことなんてできやしない。

舞ちんは、俺の思い通りってことだ。

×××

(……やっぱり、こうなっちゃった)

やっぱ、あーしはこういう星の下に、生まれついてるんだ。

好きでもない男たちに、好き放題ヤられるだけの女。ふーみんだって、そんな女に言い寄られても迷惑に違いない。だから、いくら好きだって訴えても応えてくれないんだ。

そりゃそうだよね……。彼女にしてほしいなんて、烏滸《おこ》がましいにもほどがある。

送られてきたメールにはあの時、旧校舎で照屋ちゃんたちに撮られた写メの一枚。そこに、こんな言葉が添えられてあった。

『十九時、ラヴィアンローズの前まで来ぃ』

ラヴィアンローズというのは学校の最寄り駅、その裏手にあるラブホだ。

駅裏の歓楽街を抜けた先、人通りのほとんどない通りにあって、ウチの学校の子たちも利用しているって話は、何度か聞いたことがある。

そこに来いというのが、どんな意味を持っているのかぐらい、あーしにだってわかる。

指定された時刻まで、十分時間はあった。

一旦家に帰って、ひとしきり泣いて、もう一回悩んで、もう一回泣いた。そして着替える。ウィッグを外して、いつものギャルメイク。それから——せめてもの抵抗。

ヤる気も萎《な》えるようなおばさんっぽいベージュのクソダサ下着に、脱がせにくいスキニージーンズを穿いて家を出る。

指定された場所まで来ると、ニット帽を被ってマスクで顔を隠した男が、路地裏から近寄って来た。

「あはっ、素直に来てくれて良かったよ。お互いのためにもね。エロ写真ばらまいても、なーんも楽しくないかんね」

声でわかった。ロン毛の立岡だ。

「なんで、アンタがあの写真持ってんのよ……」

「どうでも良いっしょ、そんなの。どっちにしろパコるんだからさ。どーせなら楽しい夜にしようぜ」

「……チャラいとは思ってたけど、まさかここまでクズだと思わなかったわよ」

「あはは、大丈夫、大丈夫。俺、テクには自信あるからさ。終わる頃には脅してもらえてよかったーって思わせてやるからさ」

「ばっかじゃないの」

「まあ、いいじゃん。苦情はベッドの上で聞くってば」

立岡はあーしの肩を抱くと、強引にホテルの中へと連れ込んだ。

フロントに設置された部屋の選択パネルの前で、立岡がはしゃぐような声を上げる。

「お、ツイてるぅ！　タイムサービスでスペシャルルームを他より安くだってさ！」

「どうでも……いいってば」

そのままエレベーターに乗せられて、五階。

エレベーターの中では、しきりに身体を触ってくる手を必死に払いのける。首筋にかかる鼻息に鳥肌が立つ。抵抗すればするほど、調子に乗ってくる感じが超ムカついた。

エレベータを降りると通路の一番奥で、部屋番号を記したプレートがチカチカと点滅しているのが見えた。

逃げ出したい。でももう手遅れ。そんなあーしの頭ん中を見透かすように、立岡がニヤニヤしながら手を引っ張る。

部屋の前までくるとその部屋だけ、他とは全然違う重厚な木製のドア。

「すげー！　あはは、なんかスペシャルって感じだわ！」

はしゃぎ声を上げる立岡。あーしは唇を噛み締めて俯《うつむ》いた。

(大丈夫……今さらだよ。もうとっくに汚れ切っちゃってるんだもん。ごめんね……ふーみん)

「さ、さ、舞ちん、思う存分可愛がってあげるからさ！」

はしゃぎ声を上げながら、あーしの手を掴んで立岡が扉を開ける。

そして、彼が部屋の内側へ、一歩足を踏み入れたその瞬間――

「麻痺《スタン》ッ！」

部屋の奥から、そんな声が響いてきた。

途端に、立岡が「ぎゃん！」と蹴り上げられた犬みたいな声を上げて、身を強張らせ、その場に崩れ落ちる。あーしは、びっくりして思わず顔を上げた。

すると、部屋の奥――間接照明の薄暗い灯りに照らされたベッドの上に、あーしの大好きな男の子が、やけに恰好をつけた感じで腰を下ろしているのが見えた。

「あ、あっ……」

じわりと目が潤む。声が震える。

「人の女に手ェ出してんじゃやねぇぞ！　このクソ野郎！」

崩れ落ちた立岡を見据える鋭い目つき。口は悪いし、見た目だってたぶん、他の子から見たら恰好良くはないかもしれない。

でもあーしは、本気の本気で彼のことが、好きで好きで大好きで超マジラブなんだと、そう再確認した。

✖ ベスト4入り

黒ずくめの男が膝から崩れ落ち、その背後には、目を見開いて驚く藤原さんの姿が見えた。

目の前で突然倒れられたら、そりゃービックリする。

だが、そんな彼女とは裏腹に、僕は内心、ホッと胸を撫でおろしていた。

もし、先に部屋に足を踏み入れたのが藤原さんだったなら、彼女ごと麻痺させるしかなかったからだ。

リリ曰く、『麻痺《スタン》』を食らえば、死ぬというほどではないけれど、少なくとも半日は立てなくなるらしい。

実際のところ、藤原さんが先に入ってくる可能性は半々だった。脅迫犯がもう少し用心深かったなら、逃げられないように彼女を先に部屋に入れようとしたことだろう。

そう考えれば、藤原さんは意外とツイているのかもしれない。

『麻痺《スタン》』を喰らわずに済んだことだけではない。

――彼女が、もし僕の家に押しかけてこなかったら。

――そのタイミングで、脅迫メールが届かなかったとしたら。

今頃、彼女は誰にも気づいてもらえないまま、この脅迫犯に好き放題に犯されていたはずなのだ。

昼間、藤原さんが部屋を出て行った後、僕はリリにこう尋ねた。

「なんて書いてあった？」

実は藤原さんがスマホを見ている時、リリが彼女の背後から画面をガン見していたのだ。

「黒ギャルの半脱ぎの画像と、『今夜十九時、ラヴィアンローズの前に来い』デビ。ラヴィアンローズって、なんデビ？」

「ラブホだね。駅裏にある……」

半裸の画像ってことは、恐らく旧校舎で照屋さんたちが撮影したものだろう。それが誰かの手に渡ったのだ。

脅迫してきたのは、まず間違いなく男だろう。ラブホの前に来いというのだ。その意味するところは、一つしかない。

（そりゃー、藤原さんの表情も曇るわけだ……）

写真をバラまかれたくなかったら抱かせろと、そう脅迫されていたのだから。

「どうするデビ？」

「どうするって……悪魔的には、助けるのはナシなんじゃないの？」

すると、リリは肩を竦める。

「もちろんデビ。人助けなんてありえないデビ」

「……だよね」

「むしろ、フミフミには『世の中の可愛い女は全部オレのモンだ。オレのモンに手をつけるヤツは、ギッタンギッタンにしてやるぞ』ぐらい言い放ってもらいたいもんデビな」

「ギッタンギッタンって……」

（マンガの読みすぎだ、お前。ジャ○アンか）

だが、リリの言わんとすることはわかる。

小悪党を調子に乗らせて良いのか？　自分のモノに手を出されて、指を咥えて見てるつもりかと。

「確かに……僕以外の誰かが良い思いをするのは、面白くないな」

そうだ。まったくもって面白くない。僕だってまだ、彼女の『褐色肌ピンク乳首』に歯を立てて、コリコリしていないのだ。ぷっくり勃起した乳首に、亀頭を押し当てたりしてないのだ。

そう思うと脅迫者に対して、沸々と怒りが湧いてきた。我ながら、実にゲスい怒りである。

「リリ、手伝ってくれる？」

僕がそう問いかけると、リリはニッと口角を上げた。

「もちろんデビ」

指定の時間は十九時。充分先回りできるだけの余裕がある。

「文雄！　舞さん帰っちゃったけど……アンタ！　まさか変なことしたんじゃないでしょうね！」

「してないってば！」

母親の問いかけにおざなりな返事をして家を飛び出すと、僕はママチャリでホテルのほうへと走り始めた。

すぐ隣を飛びながらついてくるリリ。

「相手がどんなヤツかわからない以上、油断は禁物デビ」

すぐ隣を飛びながらついてくるリリ。彼女のその言葉に、僕は考えていたことを口にする。

「わかってる。だから基本的には『部屋』に引き入れる方向でいくよ。ホテルに連れ込もうとしてるわけだから、その部屋の入口に『扉』を重ねて設置すればいい」

「なるほどデビ。じゃあ、従者に先回りさせて、ホテルを制圧させておくデビ」

ホテルについてフロントの中を覗き込むと、従業員らしき男性が二人、下半身を丸出しにして昏倒していた。

「これって、フリージアってヒトの仕業？」

「そうデビ」

「一度ぐらい会ってみたいような気もするけど……」

「腹上死したければ、止めないデビ」

そんなやりとりをしながら、僕らは準備を整える。

五階の奥の部屋、その出入口に、僕以外の人間の目にも見える状態で『扉』を設置する。後は、リリがフロントでモニタリングしながら、脅迫者と藤原さんを、僕がいるこの『部屋』へと誘導するだけだ。

一応、部屋の中を『家具設置』と『内装工事《インテリアコンストラクション》』で、ラブホテル風に変更しておくのも忘れない。

藤原さんは、まだ監禁するわけにはいかないのだ。彼女には、ただのラブホの一室だと思ってもらう必要がある。

そして、カッコいいポーズやキメ台詞なんかを考えながら、待ち続けること二時間。ついに、脅迫犯が部屋の扉を開いたのである。

僕の姿を目にした途端、藤原さんはくしゃっと表情を歪ませた。嬉しそうな泣き顔。零《こぼ》れ落ちる涙。彼女はそのまま感極まった様子で、扉の内側へと足を踏み入れる。

その途端――部屋の中に、いつもの電子音と合成音声が響き渡った。

「藤原舞の状態が『屈従』へと変化しました。それに伴い、以下の機能をご利用いただけます」

「・部屋作製レベル5――同時に十六部屋までご利用いただけます」

「・家具設置レベル4――室内にかなり豪華な家具を設置できます」

「・特殊施設設置『廊下』――廊下で複数の部屋を繋ぐことができます」

「・禁止《プロヒビット》――部屋の中でのみ、何か一つ行動を禁止することができます」

続いて――

「藤原舞の状態が『従属』へと変化しました。それに伴い、以下の機能をご利用いただけます」

「・潜望鏡《ペリスコープ》――部屋の中にいながら、外の様子を監視することができます」

「・人物忘却《フォーゲットパースン》――部屋の中にいた、人物に関する記憶だけを消去することができます」

(はぁぁあっ!?)

これは流石に、予想していなかった。ビックリした。だって、藤原さんにはなんの調教も施していないのだ。なのに『従属』って……いくらなんでもチョロ過ぎる。

彼女は慌ただしく僕の傍に駆けよってきたかと思うと――

「ふ――――みぃぃぃぃぃん!」

「ちょ、ちょっと待っ!?　ぐぼぁっ!」

人間ロケットのように飛びついてきて、僕は勢いのままにベッドの上へと押し倒された。

「ふーみんっ!　ふーみんっ!　ふーみんっ!　ふーみんっ!」

そして彼女は、僕の名を連呼しながら、ぐりぐりと僕の胸へと頬を擦りつけてくる。

痛い。ボタンがめり込んで、地味に痛い。

「ふ、藤原さん、ちょっと落ち着こう!　な!　な!」

僕がそう訴えると、彼女はピタッと動きを止めて、静かに身を起こす。だが――

「ムリ。今やめたら、あーし爆発しちゃう！」と、今度は、顔中にキスの雨を降らせ始めた。

「ちゅっ！　好き！　ちゅっ！　好き！　ぶちゅっ！　大好き！　むちゅっ！　大好き！」

「ちょ、藤原さん、ストップ！　待って！」

「やーだ。ちゅっ！　ちゅっ！　ちゅっ！」

せっかく恰好つけたというのに台なし。もはや、されるがままである。

無論、頬擦りやキスで終わるわけがない。

僕が戸惑っているうちに、彼女は僕のベルトに手をかけると、もどかしげにそれをはずし始めた。

「今すぐあーしを孕ませて！　ふーみんの赤ちゃんほしいの！　今だったら六ッ子ぐらい余裕で産める気がする。あーしのこと、無茶苦茶にして！」

無茶苦茶にされているのは、現在進行形で僕のほうである。

犯されかけている女の子を助けに来たら、その女の子に犯されかかるとか、本当に意味がわからない。

彼女は僕のベルトをはずし終わると、今度は自分のカットソーの裾に手をかけて、脱ぎ捨てようとする。

だが、そこで「……あ」と声を漏らしたかと思うと、カットソーをお臍の辺りまで捲り上げた状態でピタリと動きを止めた。

見上げてみれば、その顔には「どうしよう」とでもいうような表情が浮かんでいる。

何か非常にマズいことを思い出した……そんな雰囲気だ。

「あ……あのね。ふーみん」

「うん」

「……後日、あらためて仕切り直しということで、その、どう……かな？」

「……はい？」

「と、とてもじゃないけど、お見せできないというか……ふーみんにだけは見られたくないというか……その、下着が……」

意味は全くわからないが、そうしてもらえると助かる。

別に彼女に気を使ったわけではない。やはり感情というのは高めあっていくものであって、一方的にロケットスタートで舞い上がられると、こちらとしてはドン引きするしかないのだ。

事実、僕は全く勃起していなかった。不能ではない。誤解のないように。

「……まあ、いいけど」

僕がなんとも歯切れの悪い、そんな返事をすると、さっきまでの大興奮が嘘のように、彼女はしょんぼりした様子で、僕の身体の上から降りた。

「とりあえず、落ち着いた？」

「う、うん……なんか、ほんと……ゴメン」

冷静になってしまうと、急に恥ずかしくなってしまったらしい。

僕は乱れた服を整えると、部屋の入口辺りで痙攣《けいれん》している黒ずくめの男に目を向けた。

「で、藤原さん、あれ、誰？」

「……立岡」

もはや立岡くんと、くん付けする気もないらしい。

立岡ということは、やはり写真の出所は照屋さんだろう。もしかしたら、これも照屋さんが仕組んだことなのかもしれないけれど、そうでなくともこのお調子者のバカロン毛なら、軽い気持ちでこれぐらいのことは、やらかしそうな気もする。

実際、やけに手慣れている辺り、これが初めてというわけではなさそうだし。探してみれば、このバカの被害者は他にもいるのかもしれない。

「ねえ、ふーみん。いっこ聞いていい？」

「何？」

「人の女に手ぇ出してんじゃねぇって言ってたじゃん。つまり、あーしをふーみんの彼女だって、認めてくれたってことだよね？」

「え……」

勢い任せで考えなしの発言。言われてみれば、そうとしか聞こえない。期待に満ち満ちた目で見つめられると、いまさら『なんかカッコ良さげなことを言いたかっただけ』とは言い難い。

「あー……もういいや、それで」

「なんか、なげやりー」

「……実は他に三人ヤれる相手がいて、藤原さんは四人目なんだけどね」

僕はちょっと意地悪したくなって、黒沢さん、真咲ちゃん、涼子の顔を思い浮かべながらそう告げる。すると、予想外の答えが返ってきた。

「四人目かー……。うん、四人目ならまあ良いかな」

「良いんだ!?」

「うん。まあ、ベスト4《フォー》ってことだし」

「べ、ベスト4!?」

「あはは、彼女でもなんでもない雑魚から、予選突破していきなりベスト4入りは、大躍進っしょ」

これには僕も言葉を失う。彼女は一体なんのトーナメントを戦っているのだろう?

(まあ……四人ってのは冗談だと思っているんだろうけど)

「で、立岡どうしよっか? けーさつに突き出しちゃう?」

「いや、とりあえず置いていくよ。後は友達が適当に処理しといてくれるみたいだし」

「ふーみん、友達いるんだ?」

「いるよ、藤原さんとか」

「しれっと友達に格下げされた!?」

×××

フミフミが黒ギャルちゃんを連れて部屋を出た後、アタシは、残された脅迫犯を宙空から見下ろしながら考える。

「うーん、このまま監禁しとくのは、あんまり得策じゃないデビなぁー」

先々の展開を予測していくと今、男の行方不明者を出すのは障害にしかならない。だからと言って、無罪放免というのもちょっと違う。こういうお調子者は、懲りずにちょっかいをかけてくるに決まっている。

「今日は、土曜日か……」

月曜日に登校できるように解放すれば問題ないだろう。日曜日一日あれば、十分なお仕置きができるはずだ。

「フリージア！」

そう呼びかけると、部屋の隅から銀髪のメイドが姿を現す。彼女は、床に転がっている脅迫犯の姿を見るなり、物ほしげな顔をして、こう言った。

「丁度、我が家のミルクサーバーが壊れたところですので、こちらをいただいてもよろしいですか？」

彼女たち、上位淫魔《エルダーサキュバス》には攫った人間のオスを、口と性器だけ露出する形で壁に埋め込み、喉が渇いたら精を搾り取る。そういう酷い習慣がある。

それを彼女たちは面白がって、ミルクサーバーなどと呼ぶのだ。

「まだダメデビ。こいつには今、行方不明になってもらっちゃ困るんデビ。とりあえず、こいつをモホーク男爵の所に連れて行くデビ。彼なら一日あれば、このバカにメスの悦びを存分に教え込んでくれるはずデビ」

第七章　羽田真咲はママになりたい。

ラブラブ同棲プレイスタート

「涼子さん、今夜は一緒にいられるんだよね」

婚約者の仲村《なかむら》という男が、そっと手を重ねてきた。

銀縁眼鏡に細面《ほそおもて》の顔。七三に髪を撫でつけた、いかにもエリートと言わんばかりの風貌の男である。

(私は、この男の何が好きだったのだろう？)

歳の差は十五、それでも少し前までは、尊敬できる男性だとさえ思っていたはずなのだが、今となっては嫌悪感しか湧いてこない。

いますぐにでも手を払い退《の》けたいが、当面はこれまで通りに生活せよという、ご主人さまの命令を蔑《ないがし》ろにするわけにはいかない。

同じ警察官とはいえ、この男は本庁勤めのキャリアなだけに、休暇が重なった時ぐらいにしか、ゆっくり会うことはできない。

それだけに以前の私は、一日千秋の想いで今日のデートを楽しみにしていたのだ。

少し豪華な夕食をとって、この仲村という男と共にホテルで一夜を過ごす。そんなことを楽しみにしていたはずなのだ。

（……ありえない）

ご主人さまの荒々しいセックスを味わってしまった今ならば、この男とのまぐわいが、いかに薄っぺらなものであるかが良くわかる。

オスとして遥かに格下。比較するのもご主人さまへの冒涜としか言いようがない。

「武彦《たけひこ》さん、ごめんなさい。実は、今迫っている事件のことで、この後行かなきゃいけないの」

「……そうか。ははっ、それなら仕方が……ないね」

物分かりのいい男。優しいだけの男。折角、私を抱けると思ってたのにね。残念でした。

今、私の子宮の中は、昨晩の全裸お散歩プレイで大量に流し込んでいただいた、ご主人さまの精液で一杯なのだ。

大事に大事に余韻を楽しんでいるのだから、こんな男の短小チ○ポを迎え入れる余裕など、あろうはずがない。

（はぁ……帰りたい。そろそろ帰ってもいいかな……）

そんなことを考えながら、何気なく窓の外に目を向けた途端、私は思わず息を呑んだ。

（ご主人さまだ！　ご主人さまがいらっしゃる！）

駅裏のお洒落なビストロ、私のいるその店の前を、自転車を押して通り過ぎていくご主人さまと、一人の女の子の姿。

（あぁ……ご主人さまぁ……）

股間が、じゅんっと潤むのを感じた。

一緒に歩いている女の子のほうは、確か藤原舞という名だったと思う。最初の行方不明者、黒沢美鈴さまの友人だったはずだ。

彼女が、次のご主人さまの標的なのだろうか？

だが、二人の様子はとても親しげで、何も知らなければ恋人同士のようにも見える。

（もしかして、彼女はご主人さまの恋人なのだろうか？）

もしそうなら、彼女のことは『舞さま』とお呼びすべきだろう。嫉妬などできようはずがない。そんな身のほど知らずなことなど、できるわけがない。

私など、ご主人さまの性欲処理の道具でしかない。一度でも多く使っていただけるように希《こいねが》うだけの浅ましい存在でしかないのだ。

「涼子さん、どうしたの？」

遠ざかっていくご主人さまのお姿をぼーっと眺めていると、仲村という男が怪訝《けげん》そうに顔を覗き込んでくる。

うっとうしい。ご主人さまのお姿を拝見できた、この幸せな気分に水を差さないでほしい。

そんな苛立《いらだ》ちを必死に押し殺して、私は笑顔で応じた。

「ごめんなさい。知り合いに似た人が通ったものだから」

「そうか、ところで、今度の休暇なんだけど……」

くだらない男のくだらない話を聞き流しながら、私はご主人さまが歩いていかれた先を、じっと見つめる。

（ああ、なんとかご主人さまの、あのお部屋に戻らせていただけないものだろうか……）

× × ×

家に寄って行けとしつこい藤原さんを、全力のキス一つで大人しくさせて帰宅すると、母さんが僕を待ち受けていた。

藤原さんが突然出て行ったのは、ちょっと喧嘩しちゃったから。でも、もう仲直りできたから大丈夫だと、適当にそんな作り話をすると――

「あんな綺麗で良いとこのお嬢さんがアンタとつきあってくれるなんて、宝くじの一等引き当てたようなもんなんだから、大事にしなきゃダメよ！」

と、余計なお世話てんこ盛りの説教を喰らった。

そして、僕は質問攻めの食卓から逃げるように、手早く晩御飯を済ませて自分の部屋に戻る。

すると、リリがふわふわ浮かびながら、やけに退屈そうにしていた。

「そこの棚のマンガ、全部読み終わっちゃったデビ。新しいの買ってくるデビよ。たしか、ビーチバレー漫画の最新刊が明後日発売日だったはずデビ」

（なんでお前のために買わなきゃいけない）

そんな言葉を胸の内にしまって、僕は話題を逸らす。

「ところで、立岡くんはどうなったの？」

「魔界に送ったデビ」

「魔界っ!?」

正直、多少のスプラッタはあるかもしれないと思っていたのだけれど、スプラッタどころか、まさかの魔界送り。想像を斜め上へと突き抜けてしまった。

「大丈夫デビよ。明日の夕方まで、知り合いにレンタルしただけデビ。ちゃんと帰ってくるデビよ」

魔界の知り合いにレンタルって……不穏過ぎる。

「で、今晩はどうするんデビ?」

「あ、ああ。とりあえず……真咲ちゃんのところに行こうかなって」

「でも、くろさーちゃんを放置するのも、そろそろ限界デビよ。あんまり放置しすぎると、感情が憎悪に転じちゃうデビ」

「うん、でも真咲ちゃんの体感時間は逆転したままにしとかないと平日困るし、黒沢さんの相手は、明日の朝かな……」

僕はそう言いながら、真咲ちゃんを監禁している部屋への扉を発現させる。そして、部屋の中に足を踏み入れると、昨日設置したランプに灯《とも》りを点した。

ベッドの上に目を向けると、部屋を出た時と同じ体勢で、真咲ちゃんが横たわっている。

彼女の処女を奪って、強引に恋人にした。その翌朝からのコンティニューだ。

(さて……ここからどうするんだっけ?)

洗脳とは言っても、黒沢さんの時に比べればすこぶる単純だ。

恐らく、彼女の心を掴むことはできたはず。閉じ込められた状態で頼れる者は僕一人、黒沢さんへのコンプレックスを払拭しつつ、肉体関係を持ったのだ。

この調子でとにかく僕に惚れさせて、夢中にさせて、それで捨てる。捨て方には一工夫必要だけど、基本的にはそれだけだ。

ここからしばらくは恋人として、ひたすらイチャイチャすれば良いし、僕には黒沢さん洗脳の過程で身に着けたキステク、ソフトタッチ、俺様口調の三つの武器がある。

昨日まで処女だった彼女も、今の僕ならメロメロにできるはずだ。

「フミフミ、わかってるとは思うけど、黒沢ちゃんとは洗脳の方法が違うから、おっぱいちゃんのほうは、もう待遇を劣悪にする必要はないデビよ」

言われてみれば、確かにそうだ。

黒沢さんの場合、僕と一緒にいる時間の前後で待遇に落差をつける必要があった。

だが、真咲ちゃんに関していえば、心を掴んだ後は恋人として、ひたすら彼女の中の僕への愛情を育てるだけ。むしろ、一緒に楽しい思いをするほうが良いだろう。

「じゃあ……まずは部屋を倍ぐらいに拡げて」

僕が『部屋拡張《エクステンション》』を発動させると、ゴゴゴと音を立てて部屋が拡がっていく。

「ベッドも大きなのに変えて……」

真咲ちゃんは寝たまま、ベッドだけが瞬時に入れ替わった。

藤原さんが『従属』まで堕ちてくれたお陰で、『家具設置』もさらにレベルが上がっている。現れたのは海外のリゾートホテルにでもありそうな、立派な天蓋付きのベッドである。

「後はキッチン設置、バスルーム設置、テーブルセットとソファーセットも置いて、お洒落な間接照明と観葉植物と、なんかお洒落な絵画とか設置。壁紙も白に変えて……っと」

適当な指示の割に、あっという間にリゾートホテルのスイートのような、豪華な部屋ができ上がった。

「おーすげー！　僕、もうここ住んじゃおうかな」

「ふふん、キッチンには豪華な食材も用意しておくデビ。それで思う存分、ラブラブ同棲生活を楽しめばいいデビよ」

「お、いいね。真咲ちゃんの手料理かぁ……悪くない」

悪くないどころか、最高である。

「じゃあ、早速、昨日ピン止めした時点の体勢に戻るデビ。準備できたら、ピンを抜くデビよ」

「ちょっと待って……よし、良いよ」

僕は服を脱いでベッドに横たわり、真咲ちゃんの身体を抱き寄せて頷いた。

途端に、彼女の瞼《まぶた》がピクピクと動く。そして彼女はゆっくり目を開くと、寝ぼけ眼のままに顔を上げた。

「あぁ……ふみおきゅんだぁ。ちゅっ……えへへ、おはよぉございましゅぅ」

僕の唇を小鳥のように啄《ついば》むと、彼女は幸せそうにはにかんだ。

(なんだこの、かわいい生き物……)

「おはよう、真咲ちゃん。ちょっと周り見てみて」

「ふぇ？　なぁに……って、えぇ——っ!?」

ひとしきり周囲を見回した後、一瞬の沈黙を挟んで、彼女は目を丸くしながら飛び起きた。

昨日までの殺風景な部屋から、いきなりリゾートホテルのスイートに変わっていれば、当然、こういう反応になる。

「な、な、な、何……これ？」

「わかんない。起きたら、こんな感じだったんだよ」

「え、何それ怖い！　わ、私たち……寝てる間に運ばれたってこと？　ど、どこかに監視カメラとかあるんじゃやない？」

「わかんないし……僕も気になって探してみたんだけど、監視カメラみたいなのは、全く見つからなかったよ」

「そうなんだ……。あ、扉が二つあるよ、文雄くん。もしかしたらお外に出られるんじゃ……」

僕は大袈裟に肩を竦めて、首を振る。

「残念ながら、あっちがお風呂で、あっちはキッチンだったよ」

途端に、真咲ちゃんが目を輝かせた。

「お風呂!?　入りたい！」

それはそうだろう。若い女の子が一日お風呂に入れないってだけでも酷だし、そのうえ、彼女の股間は、昨日の処女喪失セックスでグチョグチョ。零れ落ちた精液が渇いて、内腿に白い筋を描いている。

「じゃ、一緒に入っちゃう？」

「やーん、もう！　文雄くんのえっちぃ！」

「……っていうか、いまさらだと思うんだけど。僕らずっと裸なわけだし」

「えへへ………そうでしたぁ……」

思い出したかのように、彼女は急に真っ赤になって、腕で胸を隠す。大きな胸がふにょんと歪んで、僕の股間は、それだけで反応しそうになった。

僕らは、二人で一緒に風呂場に入ると、シャワーでお湯を流しながら、互いの身体を泡塗れにして抱き合う。

涼子の時も、女の子の身体ってこんなに柔らかいんだと感動したものだけれど、真咲ちゃんの場合はもう、全然レベルが違う。主に胸が……というか胸が！

「その……真咲ちゃん。もう痛くない？　アソコ」

そう問いかけると、彼女は頬を真っ赤にして俯《うつむ》いた。

「うん、たぶん大丈夫だと……思う」

「いやいや、無理しちゃダメだ。どれどれ見せてみて」

僕はしゃがみこんで、彼女の股間を覗き込む。

「ちょ!?　ちょっとぉ!?　にゃー!?　文雄くん、恥ずかしいよぉ！　ばかぁ！」

これには流石に彼女も驚いたようで、ポカポカと僕の頭を叩いてくる。だが彼女に少々叩かれたって、ちっとも痛くない。

ラジオノイズみたいなシャワーの水音が響き渡る中、お湯が彼女の肌を滴って流れ落ちる。目の前で彼女の薄い陰毛を伝って、雫が滴り落ちる光景はとても色っぽかった。

「やん、だめ！　見ちゃいやっ！　やーだー！」

必死に閉じようとする彼女の脚をこじ開け、僕は彼女の股間に鼻先を寄せる。

小さな舟の形に開いた肉裂の下端に近い位置。そこにひそやかに開いた真咲ちゃんの膣孔。その穴はすごく小さくて狭い。指一本入りそうにないように見える。だが、この小さな穴をこの先、僕の形に変えてやるのだと思うと、すごく興奮した。

「ちゃんと膣内《なか》まで、良く洗わないとね」

「ええっ!?」

抵抗する隙を与えず、僕は人差し指の先を穴の中へと浸す。指先にぬるりとした感触、お湯とは異なる温かな液体の感触があった。

(濡れてる……。期待してるってことだよな?)

「あん、やぁん……」

入口の浅い所でスポスポとしばらく指を出し入れし、一気に奥まで人差し指を差し入れる。

「あん、あんっ、奥に、は、入ってきたぁ……入れちゃだめぇ……ん」

そのまま膣洞の中を探って、指先に感じるコリコリしたポイントをグリッと抉《えぐ》った。

「あぁあッ、そこ、ビリってするぅ!?」

途端に彼女の裸身が、ビクビクビクッと痙攣《けいれん》する。どうやら、良いところを刺激したらしい。

「あ、あん、ああん、あん、んっ……」

執拗に同じ所を刺激し続けていると、彼女の喘ぎ声が次第に心地良さげに蕩けていく。

「あれあれぇ、おかしいなー。洗ってるはずなのに、どんどんヌルヌルしてくるぞー」

揶揄《からか》うようにそう口にしても彼女は上の空、もはや返事をする余裕もないらしかった。

「あ、あっ、ダメ、イっちゃう、イっちゃうよぉ……」

悩ましげに自分の指に歯を立てたまま、絶頂へと押し上げられていく真咲ちゃん。あと少しで、彼女は絶頂を迎えてしまいそうだ。でも、そんなんじゃ僕はちっとも楽しくない。

「じゃあ、一緒にイこうか」

僕は指を引き抜くと、肩で息をする彼女に背中を向けさせて手を壁につかせる。そして、つるんとしたヒップを掴むと、その中心に肉棒を突き立てた。

「ぁぁぁぁぁぁぁあああああぁッ！」

尻上がりに大きくなる彼女の嬌声。僕は、さっきまで指で刺激しつづけてきた箇所目がけて、腰を突き出した。

「ひぃんっ、ふみおきゅんのこれ、おち○ちんすごぃい！　きもひいいところ、バレちゃってるぅ、そこばっかりつかれてぇ、にゃ、にゃぁああん、こんにゃのすぐイっちゃうよぉ……」

後背位特有の、股間で尻肉を打つ音がパンパンと打楽器のように鳴り響く。

「はぁっ、あん、好きっ、好きィ！　こんなの我慢なんて……イクっ！　イくぅぅうぅぅ！」

ビクン、ビクンと真咲ちゃんの身体が大きく跳ねた。

膣肉が、ギュッと僕のモノを締め上げてくる。

僕は真咲ちゃんの裸身、そのヒップをしっかり抱え込んで、最後の一突きを奥の奥へと捻じ込んだ。

どぷっ！　びゅるるっ！　びゅるるる！

途端に溢れ出る精液、彼女の身体はビクビクと小刻みに痙攣《けいれん》している。

「んっ……あぁん、あっ……でてりゅ、しゅごいでてりゅよぉ……」

彼女は身体を弓のように反らして、絶頂の余韻を味わっていた。

そして、しばらく余韻を楽しんだ後、僕はぷぅとむくれる真咲ちゃんを背中から抱きかかえるように、湯船に浸かる。

「もうっ、ばか、ばかっ！　嫌い！　文雄くん、嫌い！　お風呂であんなこと……ばかぁ！」

「しかたないじゃん。真咲ちゃんが可愛すぎるのが悪いんだってば」

「むぅ、可愛くないもん」

「可愛いってば。で、真咲ちゃんは僕のこと嫌いなの？」

「うぅ……好きだけど……もっと優しくしてほしいのっ！」

「了解、次は優しくします」

「……じゃあ許してあげる」

そう言って、はにかみながらしなだれかかってくる彼女の肩越し。ぷかぷかとお湯に浮かぶおっぱいは、なんというか……うん、すごかった。

✖裸エプロンを考えたヤツは偉人

「何やってんだろ、わたしたち……」

「そう……だね、あはは……」

風呂を上がったのは良いが、脱衣所にバスタオルが見当たらない。仕方がないので、僕がマサイ族のように、ジャンプして雫を落とし始めたら、真咲ちゃんも同じように飛び跳ね始めた。

ちょっと楽しくなってきて、二人できゃっきゃと騒ぎながら飛び跳ねていたのだけれど、何せ真咲ちゃんのおっぱいは大きい。とんでもなく大きい。

彼女が「も、もげる……」と呻いて蹲《うずくま》り、「……ですよね」と、思わず素に戻る僕の姿がそこにあった。

うん……クーパー靭帯損傷はシャレにならない。

「そ、そうだ。文雄くん、キッチンあるんだよね。わたし、ご飯作る！　おいしーの作るから！」

取り繕うように真咲ちゃんがそう口にすることで、微妙な空気を振り払い、どうにかテンションを上げる。

同級生女子の手料理なんて、憧れ以外の何物でもない。遂にこの日がやってきたのだと、僕は心の中で歓喜の涙を流した。ちなみに、藤原さんのお弁当はノーカンである。

二人でキッチンに向かって、食材や調理器具を確認する。

冷蔵庫の中はギュウギュウのパンパン。冷凍庫には、ラップに包んだ冷ご飯まであるのに、デザートっぽいものは、なぜか硬いと有名な某社の小豆バーしかなかった。

この辺りの悪魔のセンスは、僕には正直良くわからない。

そして、戸棚の中を確認していた真咲ちゃんが突然、「あ、やったー！」と声を上げた。

「見て見てっ！　エプロン！」

彼女は嬉しそうにそれを身に着けて、「良かったー！　これでアブないとこ隠せるよ」と、はにかむ。僕は、どう言って良いものかわからなくて、思わず言葉に詰まった。

前屈み。僕、前屈みである。

胸のうちでは、「エロ過ぎやろが――――い！」と絶叫していた。

布一枚身に着けただけでエロさ五割増し。ドエロスである。

恐るべし裸エプロン。初めて裸エプロンを実行に移した奴は、ブッダ、キリスト並みに祭り上げられても良いと思う。はっきり言って偉人である。

もはや、僕のテンションはうなぎのぼりだ。早速調理を始める真咲ちゃんの後ろ姿。丸出しのお尻にムラムラして、抱きつきに行ったら、「包丁使ってる最中に来ないで！」と、包丁を突き付けられてクールダウン。

ま、そりゃそうです。危ないからね。

そんな凄まじいテンションのアップダウンの末に、僕の前に差し出された料理は――オムライスだった。

ケチャップで描かれたハートマークを目にして、僕の第一声は――

「あざとい」

「ええっ!?」

だって、オムライスにハートマークですよ？　真咲ちゃん。そんなの、「かわいいでしょ、わたし♡」って言ってるも同然でしょうが。

「得意なので良いっていうから、オムライスにしたのにぃ……」と、彼女は僕の反応にちょっと不服そうだった。

気を取り直してテーブルに座ると、四人がけのテーブルなのに、真咲ちゃんはなぜか僕の隣に腰を下ろす。

そして、彼女はスプーンでオムライスを掬《すく》って「はい、あーん♡」と突き出してきた。

（ああ、あれだ……ファミレスとかで良く見る、ぶん殴ってやりたいカップルそのものだ。『なぜ向かい合わせに座らないんだ、オマエらは！』って、小一時間説教したくなるアレだ）

「あの……真咲ちゃん？」

「えへへ……彼氏できたら、やってみたいって思ってたんだよねー」

照れ笑いを浮かべる彼女に、「イヤだ」とか「ダメだ」とか言えるぐらいなら、そもそもいじめられっ子なんてやっていない。木島文雄は、ノーと言えない典型的日本人なのだ。

（仕方がない。不本意ながら、こうなったら、僕もパリピの仲間入りをする所存です）

何せ、巨乳の彼女が裸エプロンで「はい、あーん」ですぞ。「あーん」の最中に、彼女の巨乳が僕の二の腕を挟むのですぞ。

世の中全ての男の呪いを一身に受ける覚悟がないと、こんなのやってられませんです、はい。

結局、最初から最後まで、僕がスプーンを手にすることはなく、これが恋人同士でなかったとしたら、老人介護でしか有り得ないような食事が終わった。

それにしても巨乳裸エプロンの凄まじさよ。なんというかご飯を食べていたはずなのに、ずっとお預けプレイを仕掛けられていたかのような疲労感である。

洗い物をする真咲ちゃんから目を逸らして、僕はベッドに寝転がった。

天を向いてそそり立つ勃起を少しでも抑えようと、『クリーチャー化した涼子』の姿を思い浮かべる。効果は覿面《てきめん》。洗い物を済ませた真咲ちゃんが戻ってくる頃には、すっかり萎《しお》れてしまっている辺り、『クリーチャー寺島』の強烈さがおわかりいただけることだろう。

「お待たせー」

そう言いながら、彼女はぴょんとベッドに飛び乗ると、極々自然に僕の胸を枕にして寄り添ってくる。

「どう、おいしかった？」

「すごくおいしかった」

そう答えると、彼女はえへへと嬉しそうに微笑んだ。

「エプロンは外さないの？」

「だって、これ外したら、全部見えちゃうんだもん」

真咲ちゃんは、やっと隠せると思ってホッとしているのだろうけれど、違うから。それ、エロさ五割増しだから。

彼女は静かに目を瞑ると、大きく息を吸いこんだ。

「うふふ、面白いね、わたしたち同じ石鹸の匂いがする」

「そりゃそうでしょ」

実際、同じ石鹸を使ったのだから。

「ふふっ、変だよね」

「何が？」

「誰だかわからない人に監禁されて、ほんとなら死ぬほど怯えてなきゃおかしいのに、新婚さんみたいなことしてるんだもん」

「新婚さんねぇ……僕も一応、先月結婚できる歳にはなってるけどさ」

すると彼女は、いたずらっぽい微笑みを浮かべて、僕の顔を覗き込んできた。

「ねえ、アナタ」

「なんだい、オマエ」

そう言い合って、二人してクスクスと笑いあう。

「ご飯にします？　お風呂にします？　それともワ・タ・シ♡」

「ベタだなぁ」

「むぅ……様式美って言ってよぉ」

「でも……ご飯も済んだし、お風呂も入った。ってことは、もう選択肢残ってないじゃん」

「やん……」

僕は身を反転させて、そのまま彼女を組み敷いた。

真咲ちゃんに抵抗する様子はない。恥じらいながらも、むしろ少し嬉しそうにも見えた。

僕は、エプロンの布地を引っぱって、彼女の胸の間に挟み込む。

「あん、もー！　折角隠れてたのに」

再び姿を現した巨大な乳房に、大きめの下品な乳輪。可愛らしい乳首は、期待するようにヒクヒクと震えている。

おっぱい丸出しの真咲ちゃんのエプロン姿は、クラクラするぐらいにいやらしかった。

そっと乳房に手を伸ばし、ゆっくりと揉み始める。極上の手触り。次第に強く揉み込んでいくと、「はぁ……んっ……ぁ……」と、彼女の小さな唇から、悩ましげな吐息が漏れ始めた。

まだ、乳首には触れてあげない。外側から内側へと揉み込んで手を離すと、ぶるっと反発するように乳肉が震える。

「はぁ、はぁ……おっぱいで遊ばないでぇ」

「そんなつもりはないんだけどね、すごくハリがあって良いおっぱいだね」

「やん、もぉ、おっぱいソムリエみたいなこと言わないで」

「おっぱいソムリエ？」

『豊潤で濃厚、香りは強め、森を駆け抜けるそよ風のような味わいの、素晴らしいおっぱいです』

礼服姿の男がそう言いながら、乳首に鼻を押し当てる姿を想像して、思わず苦笑した。

僕は乳房全体を揉むのを止めて、表面にそっと指を這わせる。

「あん、くすぐったいよぉ……あっ、あん、あん……」

大きめの乳輪。その内と外を行き来しながら、執拗に円を描き続けていると、次第に彼女の瞳が潤んできた。

(……そろそろかな)

僕は指先で、彼女の乳首に触れる。

「ひゃん!?」

彼女が身を跳ねさせてもお構いなし。大粒の乳首を指でグミのように丁寧に潰し、転がしてやると、彼女の反応が変わり始めた。

「あん、やん、ああっ……あひっ、あ、あ、あ、あっ」

十分に焦らしてから触れれば、乳首は一気に快感の芯になる。ゆっくりと愛撫してあげれば、その快感は乳房全体に伝播するのだ。

真咲ちゃんが快感に身を跳ねさせる度に、ゴム鞠のように弾む巨乳の大迫力。その壮絶な風景に僕の興奮は高まる一方。もう我慢できない。

僕は指先で乳首を責めながら、衝動的に彼女の胸の谷間に顔を埋める。勢いでやったこととはいえ、これが中々凄かった。

「やん、もぅ、文雄くんのエッチぃ……」

まるで乳肉で顔を洗っているかのような感触。思わずだらしなく頬が緩む。クセになりそうだ。気の済むまで彼女のおっぱいの感触を顔で楽しんだ後、僕は乳首を口に含んで、頬がこけるほどに吸い上げた。

「ひっ、あん、ああぁっ、やん、赤ちゃんみたいだよぉ……いやん、おっぱい出ちゃうったらぁ……」

彼女の反応に気を良くして、右、左と交互に繰り返していると、だんだん止めどころがわからなくなってくる。

真咲ちゃんは、そんな僕の頬を両手で挟み込んで動きを止めると、乱れた呼吸のままに潤んだ瞳で僕を見つめた。

「おねがい、文雄くん。もぅ我慢できないよぉ……」

「何が我慢できないの？」

「うぅ……。いじわる。ふみおくんのおち○ちん……挿入《い》れてほしい」

本当はこの後、パイズリしてもらおうと思っていたのだけれど、今は自分の快楽より、彼女が夢中になるぐらいの快感を与えることのほうが重要だ。

「じゃあ、真咲ちゃんに上になってもらおうかな」

「え……上にって……？」

僕は彼女の身体の上からどいて、仰向けに寝転がった。もちろん股間は既に痛いほどに勃起して、天井を向いてそそり立っている。

「この上に座って」

「えぇっ……。や、やってみるね。がんばる」

真咲ちゃんは戸惑いと羞恥の入り混じった顔をして、僕の身体を跨ぐと、静かに腰を下ろし始めた。

彼女の指先が僕のモノを摘まんで、ちゅくっ……と、尖端に濡れそぼった肉の感触。

「んっ……んぁっ……あぁぁっ…………」

彼女は苦しげに眉根を寄せながら、肉棒の上に腰を下ろし、ずるり、ずるりと狭い肉穴に、僕のモノを呑み込んでいく。そして――

「はぁ、はぁ……は、入ったよぉ……」

肉棒を根元まで小さな身体に収めきって、僕の胸に手をついた彼女が、肩で息をしながら微笑んだ。

あらためて目を向ければ、結合部こそ隠れてはいるが胸は丸出し。エプロンは捩《よじ》れておっぱいに挟み込まれ、身体の真ん中だけを隠しているような有様である。裸よりも断然いやらしかった。

「じゃあ……動いてみる……ね、あん、あっ、あっ……」

ゆっくり身体を上下させ始めると、真咲ちゃんは、すぐに艶《なま》めかしい声を漏らし始める。

最初はぎこちなかった腰の動きも、それほど時間も経たないうちに、ずちゅっ、ずちゅっとリズミカルなものへと変わり、騎乗位で下向きに垂れさがったおっぱいは、腰を上下させる度にゆっさゆっさ、たゆんたゆんと盛大に踊った。

「あん、いぃ、あっ、あっ、あ、あ、あ……」

真咲ちゃんは、おっぱい以外の部分については、どちらかというと発育が足りない。腰回りはややふくよかで、お腹も子供のようにつるんとしている。

そんな彼女が屈みこむ姿勢をとると、お腹の肉が寄って真横に筋ができる。いわゆる二段腹だけど、そのだらしない感じがまた、ムチャクチャいやらしかった。

「あ、あ、あ、あん、あん、あん……」

下から見上げる彼女の表情は、心地良さげに蕩けている。次第に腰の動きも激しさを増し、指示もしていないのに円を描くような動きも加わり始めていた。

「気持ちいい?」

「あん、ひもち……ひぃよぉ、ひんっ! おひんひん、ひゅごぃのぉ……」

上の空、彼女はどこか熱に冒されたかのような淫貌で、そう答える。僕にしてみればただ寝ているだけで、気持ちよく擦り上げてくれるのだから楽なものだ。

「便利な全自動オナホだなぁ」

「ひどぃぃ……おらほじゃにゃいもん、かのじょらもん」

「あはは、ごめんごめん。じゃあ、もっと気持ち良くしてあげるから」

そう言って、僕は彼女の腰を掴み、ズン！　ズン！　ズン！　と、力任せに腰を突き上げる。

「にゃひぃ!?　ひっ、つよっ、つよいよぉ！　はげししゅぎりゅよぉ!?」

だが、やめてやるつもりはない。僕は活きの良いエビのようにベッドの上で身を跳ねさせて、彼女の奥の奥まで突き上げた。

「うぁっ、ら、らめっ、イっひゃう、イっひゃう、イっひゃう、あっ、あっ、あああぁああっ、イっひゃうってばぁ！」

女の子は一度膣絶頂を覚えてしまえば、比較的簡単に達するようになってしまうそうだけれど、それは昨日まで処女だった真咲ちゃんについても例外ではない。

もはや彼女の目は虚ろ、口を閉じることもできないのか、口の端からは涎《よだれ》が滴り落ちて、舌が外に覗いている。

「もうちょっとで僕もイくから、我慢して」

さらに腰の動きを速めると、彼女はもう身を起こしていられなくなったのか、僕の胸の上へと崩れ落ちてくる。

「むりぃ、むりらよぉぉ……ひぬっ、ひんじゃうよぉ、ひんっ、らめらよぉ……」

そこで僕は限界を迎えた。

びゅっ！　びゅるっ！　びゅるるる！

彼女の奥深くに、捻じ込まれた僕の肉棒が爆ぜる。

「うぁっ、イ、イっちゃぅぅぅうううううううっ……！」

同時に、ぐったりと突っ伏していた彼女の身体がビクンと跳ねて、背筋が大きく反り返った。

巨大な肉鞠が、ちぎれ飛びそうな勢いで弾む大迫力。肉壺が咥え込んだ肉棒を締め上げて、もっと、もっと精を吐き出せと求めてくる。

「うぁっ！　はぁ……っ、おぉ……、し、絞られ……っ」

最後の一滴まで搾り取ろうとするような壮絶な膣絞めに、僕は呻き声を漏らし、ビクン、ビクンと吐精するのに合わせて、彼女が身を震わせた。

「はぁ……あはぁ………」

真咲ちゃんのみっともなく蕩けたアヘ顔は、童顔なだけに犯罪的で、とんでもなくエロい。

彼女は小刻みに身を震わせながら、子宮の中に満ちていく熱い感触、そしてまだ続いている射精の余韻を確かめているようにみえた。

✖ねぇ……しよっ！

「あへぇ……あぁ……」

腰だけを浮かせ、枕に顔を埋めて突っ伏した、みっともない体勢の真咲ちゃん。

彼女から僕のモノを引き抜くと、精液がトロリと内腿《うちもも》を伝って滴り落ちた。

（ちょっとやり過ぎたかな……）

最初の一回で恍惚《こうこつ》状態になった彼女を好き勝手に犯しまくったら、三回目ぐらいで彼女はただ「あーあー」と呻《うめ》くだけになってしまった。そして四回目で、とうとう意識をぶっ飛ばしてしまったのだ。

「今日はここまでだね」

真咲ちゃんの肉付きのいいお尻を揉みしだいて感触を楽しみながら、僕が独りそう呟くと、背後からリリの声がした。

「昨日まで処女だった子に、普通そこまでやらないデビよ」

振り向くと、彼女は呆れたと言わんばかりに肩を竦めている。

「しっかり快楽を植え付けて、僕なしじゃ生きていけないって思わせないといけないからね」

「そのうえでポイ？」

「日常に返してあげるだけだよ」

「物は言いようデビな。じゃあ、とりあえずおっぱいちゃんはピン止めしちゃうデビ。次に起きた時おかしくないように、普通に寝かせてあげるデビよ」

「わかった」

僕が真咲ちゃんの身体をごろんと横たえると、それまで小刻みに痙攣《けいれん》していた彼女の肢体が、ピタリと動きを止めた。

「じゃあ、一旦部屋の外に出たら朝ご飯食べて、次は黒沢さんの所へ行くよ。ねぇ、リリ。頼んでおいたモノ手に入ってる？」

「もちろんデビ」

「おお、マジで！　雑誌には予約から二年待ちとか書いてあったけど……言ってみるもんだな」

「フフン、悪魔にしてみれば、誤って一つ多めに作らせることぐらいわけないデビ」

「助かるよ。女の子のご機嫌を取るには、甘いモノが一番だからね」

「……って、フミフミの本棚にあった激甘恋愛小説に、そう書いてあったデビな」

×××

「うぅうぅうぅうぅ……」

暗闇の中に、アタシの押し殺すような呻《うめ》き声が響いている。

感情は爆発寸前。ストレスが凄い。

「あんなに愛してるって言わせといて……っ」

結局、フミくんは昨日も来てくれなかった。

丸二日、こんな暗い部屋に二日も放置だなんて。酷い、あんまりだ。自分の彼女をなんだと思ってるのよ。

純くんは、寂しいって言えばいつでもすぐ来てくれたのに。

そう思った途端、アタシは「はっ……」と息を呑む。

もしかしてフミくん、アタシが純くんのことを諦めてないことに気付いたのかも。

エッチした時、間違えて純くんの名前を呼んじゃったりとか……。

あり得る。エッチの後半はわけがわからなくなっているから、盛大にやらかしていてもおかしくはない。

（やっぱりアタシ消されちゃうの？　殺されちゃうの？）

一度不安になると、次から次へと不安なことが思い浮かんできて止められない。

「もう、いやぁあああ！」

思わず頭を抱えたその瞬間、ギギッと木の軋《きし》むような音がして、真っ暗な部屋に扉の形をした光が差し込んできた。

（来たっ!?　来てくれた！）

「美鈴……？」

光の中に浮かび上がる彼のシルエット。名前を呼ばれた途端、感情が溢れ出す。気が付いたら、アタシは彼のほうへと駆け出していた。

「ふぇぇぇん、遅いよぉ。ぐすっ、ばかぁ……フミくんのばかぁ、ぐすっ……うぇぇぇぇぇん」

アタシは彼にしがみついて、声を上げて泣いた。

彼は、一瞬驚いた顔をした後、優しく微笑んでアタシを抱きしめる。大人が駄々っ子に向けるようなそんな笑顔。微笑ましいとでも思っていそうな顔だ。

「寂しかった？」

「うぅっ、誰のせいだと思ってんのよぉ、ぐすっ……」

「ごめん」

そう言って、彼はぎゅっと抱きしめてくれる。温かい。今の今まで感じていた不安が、するすると溶けて消えていくような気がした。

ひとしきり泣き終わって顔を上げると、いつのまにか周囲がぼんやりと明るくなっている。

部屋の四隅に、お洒落な上向きの電気スタンド。オレンジがかった間接照明が温かな光を灯している。背後を振り返ると、部屋の真ん中にテーブルセットが置かれていた。

(え、なんで? いつのまに? いままで真っ暗だったから気付かなかっただけ?)

そんなはずはないと思いながら、なんとなくそれで納得してしまう。

ここに閉じ込められてから、おかしなことばかりなのだ。

アタシも、いろいろと考えることの無意味さが、だんだんわかってきた。

「じゃあ、ちょっとだけ目を瞑って、僕が良いって言うまで開けちゃダメだよ?」

「え、……うん」

言われるままに目を閉じて、体感で二十秒ぐらい。それぐらいで、彼は「いいよ」と耳元で囁《ささや》いた。

瞼《まぶた》を開くと、テーブルの上にはホカホカと湯気を立てるティーカップ。真ん中には、大きめのロールケーキが置かれていた。

「わぁ、おいしそー!」

「美鈴と一緒に食べたいなって思って。聞いたことない? 『リーズリース』の……」

「濃厚バターロールケーキ!? マジで!? やばっ!」

モデル仲間の間でも、すごく話題になっていたメチャウマロールケーキ。予約は二年待ち。お金を積んでもなかなか食べられないって、噂のロールケーキだ。

事務所の社長さんが食べさせてくれたって子に、どれだけ自慢されたことか。

（こんなの手に入れるのって、すごく大変だったはず。やっぱりフミくんってば、アタシのことが、好きで好きでたまんないって感じなんだ……）

「その……喜んで、もらえたかな？」

「うん！　すっごく、すっごく嬉しい！」

アタシは、ちゅっ、ちゅって彼のほっぺにキスをした。

早速、切り分けて一口。途端に、どっしりと濃厚なバタークリームが口の中で蕩ける。

「ん～～！」

あまりのおいしさに、思わず手をじたばたさせてしまった。

「それでは美鈴さん、感想を一言！」

「たまてばこやー」

「これは酷い……」

アタシたちは、二人でクスクスと笑い合う。

ひとしきり食べ終わると、少しだけ残ったロールケーキごとテーブルセットは消えて、今度は天蓋付きの豪華なベッドが姿を現す。

（もうこれぐらいじゃ驚かないけど……ベッドってことは……そ、そういうことだよね）

思わず赤面するアタシの手を引いて、彼はベッドに乗ると背後からアタシを抱きかかえて、ヘッドボードにもたれかかるように腰を下ろした。

（パパに絵本を読んでもらう小さな子みたい）

そんなことを考えながら、アタシは彼の胸にもたれかかる。彼の体温を背中に感じるだけの穏やかな時間。

アタシのお腹の前で組まれた彼の手に、手を重ねた。

（やっぱり男の子だなぁ……ごつごつした手……）

純くんってどんな手してただろう。何度も手を繋いだはずなのに、ちゃんと思い出せない。

当たり前になりすぎてて、そんなことに注意を払ったりしなかったからだと思う。

「そう言えば、真咲ちゃんって美鈴と幼馴染みなんだよね？」

「うん、幼稚園からずっと一緒だもん。家もすぐ傍だし、妹みたいな感じ。同い年だけどね」

「あー、確かに真咲ちゃん、幼い感じするもんね」

「別に子供っぽいってわけじゃないんだけど、素直な子だから悪い人に騙《だま》されないか心配だし……なんか、小さい時から危なっかしくて見てらんないんだよね」

「で、その結果、僕は美鈴に踏んづけられたってわけだ」

「うっ！　ご、ごめんなさい……その、あの時は調子に乗っちゃったというか……魔が差したというか……」

「いいんだよ。実際、美鈴をこんな風に攫っちゃうような、悪い人だしね」

「ううぅ……」

頭を撫でられて、アタシは思わず呻《うめ》く。

（フリージアさんも言ってたけど、フミくんってやっぱ軽いSだよね。時々意地悪するもん）

「ところで真咲ちゃんってさ……」

彼がそう言いかけたところで、アタシは彼の手の甲をぎゅっと抓《つね》った。

「あの……美鈴？　痛いんだけど」

「痛くしたんだもん。なんだか、さっきから真咲の話ばっかり」

そう言ってアタシは、ぷぅと頬を膨らませる。

「そりゃ、真咲は大事な親友だし、アタシは真咲のこと超大事だと思ってる。たぶん真咲も一緒だと思うんだけど……そんなに真咲のことばっかり聞かれたら、やっぱ、アタシより真咲のほうが良いのかなって、不安になっちゃうじゃん」

「そうか……ごめん、ごめん」

そう言って、彼は苦笑する。

「フミくんったら、デリカシーなさすぎだよ、もー！」

「愛してるよ、美鈴」

そう言って彼は、アタシの顎を指先で摘まんで振り向かせ、唇を重ねてくる。

（そんなことで誤魔化されないんだから！）

と、思いながら……やっぱ、アタシちょろいのかな。ふにゃふにゃと腰砕けになって、彼に身を摺り寄せてしまった。

そこから、しばらくの間抱きしめられて、優しく髪を撫でられながら「かわいい」とか「愛してる」とか一杯囁《ささや》かれた。

（えへへ、うん、悪い気はしないよね。やっぱフミくんってば、アタシにメロメロじゃん）

「こうして、美鈴を抱きしめてると、安心しちゃって眠くなってくるな」

「そうなの？」

「うん、だから……ふわぁぁ……おやす……み」

アタシの頭を撫でていた手が、力なく垂れ落ちた。

（え？　寝ちゃうの!?　ちょ、ちょっと待って！）

振り向いてみると、彼は、すぴーすぴーと気持ち良さげに寝息を立てている。

（ちょっ!?　マジで寝てる！　何これ、アタシに癒《い》やされちゃったってこと？）

これには、アタシも困惑させられた。癒《い》やし系と呼ばれることに、ちょっと憧れはあるけれど、自分がそういうタイプじゃないっていうのは、良くわかってる。

（っていうか、今、このタイミングで寝ちゃう？　だって、ベッドの上で二人で抱き合ってるってなったら当然、その……エッチなことになると思うわけじゃない。フミくんには、もっともっとアタシのこと好きになってもらわないと困るし、えーと、その……アタシだって、その……一応、期待しちゃってたっていうのもあるし……）

正直に告白すると、彼が部屋に入ってきた瞬間から期待していたのだ。

一番初めの超強引なエッチをされた時に、『この顔を見たら、即座に股を開くような淫乱女にしてやる』なんて酷いことを言われたけれど、実際ちょっとヤバい。淫乱とかじゃ、絶対ないけど！

（起きてからってこと？　でも今日、フミくんは、どれぐらいここにいてくれるんだろう）

彼が起きたら、「もう時間がないよ、じゃあまたねー」ということも充分あり得る。そう思うと、いても立ってもいられなくなった。

アタシは意を決して、彼の身体を揺さぶる。

「ねぇ！　フミくん、起きて！　起きてよぉ！」

「ん、んんっ……何？　美鈴、どうしたの？」

「その……もったいないんだもん。せっかく一緒にいるのにぃ……」

顔が熱い。多分真っ赤になってると思うんだけど、もう我慢なんてしてられない。

アタシはフミくんの目を見つめて、甘えるようにこう言った。

「ねぇ……しよっ」

✖選択は火曜日

フミくんは、少し驚いたような顔をした後、やけにいやらしい微笑みを浮かべた。

「したいんだ？」

「……や、やだっ。き、聞き返さないでよぉ……」

言ってしまってから、滅茶苦茶恥ずかしくなって、アタシは思わず手で顔を覆う。

顔から火が出そう。頬でお湯を沸かせそうなぐらい熱くなってる。

自分から男の子に「したい」だなんて、もうエッチな女の子じゃないなんて言いわけもできない。

「恥ずかしがることなんてないって。僕も嬉しいし」

「嬉しい……の？」

「そりゃそうだよ。美鈴みたいな可愛い女の子が、自分のことを求めてくれるんだもん。天にも昇る気持ちってやつだね」

「フミくんったら……もー」

(そっか、喜んでくれてるんだ……)

アタシは、ホッと胸を撫でおろす。だが、それもつかの間。

「でも、こんなに興奮しちゃったら、優しくなんてできないな」

そう言うや否や、彼は背後からアタシを抱え込んだまま、いきなり前へと押し倒した。

「やんっ……」

投げ出されるように、ベッドの上へうつ伏せに倒れるアタシ。彼が体重をかけて、圧しかかってくる。

「重っ……フミくん、重いよぉ……」

全く身動きが取れない。できることと言えば、せいぜい足をジタバタさせることぐらい。

彼は、自分の身体でアタシを圧《お》し潰しながら、耳元で囁《ささや》きかけてきた。

「ねぇ、美鈴、お前は誰のモノ？」

「……フミくんの……モノです」

もう何度も言わされてきた言葉だ。答えることに、それほど抵抗はない。

ただ、今日はなぜか一瞬、純くんの姿が脳裏を過《よぎ》った。

（……大丈夫だよ、純くん。今だけ。ここにいる間だけだから。帰ったら、ちゃんと純くんだけのアタシに戻るから）

でも、そんなアタシの想いを見透かすように、フミくんはこう問いかけてきた。

「粕谷くんと僕。美鈴はどっちのもの？」

アタシは思わず息を呑む。

決まってる。そんなの、純くんに決まってる。

だけど、そんなことは言えない。言えば全てが終わっちゃう。消されちゃう。殺されちゃう。

「答えてくれないんだね……」

黙り込むアタシ。彼は一瞬寂しそうな顔をした後、微笑みながらこう言った。

「今日は日曜日だったね。火曜日……火曜日に美鈴に選ばせてあげる。ここに残って、僕のモノになるのか。それとも粕谷くんの所へ帰るのか」

その瞬間、アタシは目尻が裂けそうになるぐらい、大きく目を見開いた。ビックリした。

（い、今、なんて言ったの？　帰らせてくれるの？）

アタシのその表情を目にして、彼は寂しげに微笑む。

「心配しなくても、粕谷くんの所へ帰るって決めたら、必ず帰してあげる」

「信じて……良いんだよね」

「もちろん。でも、僕と抱き合いながら、他の男のことを考えてるってのは、ちょっと腹が立った」

「痛っ……うぅ、痛いよぉ、フミくん」

ネグリジェの上から、乳房をぎゅっと捩《ね》じり上げられて、アタシは思わず呻《うめ》いた。

「嫉妬だってのはわかってる。でも、今日は優しくしてあげられそうにない」

×××

「ああっ！　あっ、ひっ、ああっ！　やっ！　ひぃん、あっ！」

盛大に壁に反響する、アタシの喘ぎ声。

寝バックの体勢で激しく突き込まれて、フミくんの股間に打ち据えられたアタシのヒップが、パン！　パン！　と、弾けるような音を立てていた。

挿入から既に三十分。アタシは息も絶え絶え。キングサイズの大きなベッドの上で、ネグリジェを胸元まで捲り上げられ、下半身丸出しのまま、ひたすら後ろからおち○ちんを突き込まれている。

「っ……うっ、ううっ、っ、あっ！」

執拗にずっと同じ場所、お臍のすぐ下の気持ちいい所を延々と突き込まれて、もう何度も何度も絶頂に達していた。

「待ってぇぇ！　ふみくん待ってぇ！　イってる！　イってるからっ！　あっ、さっきからずっと……っ！　一回止まってぇ！」

もはやアタシは、喘ぎ声ではなく悲鳴としか言いようのない声を上げている。叫びすぎて喉が痛い。でも、フミくんは全く聞こえないみたいに、腰を動かすのを止めてくれない。

「美鈴は、自分から『したい』って言っちゃうぐらい、エッチな女の子だからね。僕も期待に応えないと……」

「やっ、やめっ、てぇ……　おっ！　ふぁっ、あっ、お、お、あ、あ……っ」

彼は、アタシの腰をがっちりつかんだまま、離そうとはしない。

（嫉妬なの？　フミくん、嫉妬してるの？　ジェラシーまかせのエッチって、こんなに激しいの!?）

フミくんのおち○ちんは、いつも以上に硬くて熱い。アタシが気持ち良くなっちゃうところを知り尽くしているんだとばかりに、執拗に同じ所を責め立ててくる。

「許してぇ……ごめん、ごめんなさいぃ！　ちょ、ちょっと休ませてぇ、いつもより感じちゃってるの。イ、イき過ぎて……バカになっちゃうぅ！　んっ!?　はっ、はっ……」

身を捩《よじ》りながら必死に懇願しても、フミくんは許してくれない。

とうとう舌も縺《もつ》れ始めて、呂律《ろれつ》も回らなくなってきた。

「なんれぇ……なんれ、こんらにかんじるろぉ……」

「そりゃ、前よりも感じるだろうね。美鈴はもうイキ癖がついちゃってるからね。それに、美鈴のおマ○コは、もう僕のチ○ポの形だもの。鍵穴にぴったりの鍵をさせば当然、扉は開くってことだよ」

実際、おち○ちんを挿入されてからは、ずっとイキっぱなし。一突きごとに絶頂に押し上げられて、戻ってくることもできずに、快楽の海に溺れっぱなしである。

アタシは必死に手を伸ばして、おち○ちんから逃れるように、あるいは助けを求めるように、ベッドのヘッドボードにしがみついた。

「鏡設置」

フミくんがそう呟いた途端、ヘッドボードが大きな鏡に変わる。

「……え？」

「ほら、見てごらんよ、美鈴。今、お前はどんな顔してる？」

鏡に映るその顔は、快楽に蕩け切っていた。

目は虚ろで、頬は上気してピンク色、だらしなく舌を垂らし、目からは涙、口からは涎《よだれ》がしたたり落ちている。そこには、背後からおち○ちんに串刺しにされて、嬉しそうな顔をする浅ましい女の子が映っていた。

「いやぁあん！　エッチ過ぎるよぉ、見ないでぇ、こんな顔見ないでよぉ！」

だが、もう身体がいうことをきいてくれない。イキ顔を隠すこともできない。

そう思った途端――

「あひっ!?　ひぁっ、うッ、あぐっ、あっ!?」

アタシはまたイって、今度はアソコからブシャッ！　と、潮を噴き出した。

(恥ずかしい、恥ずかしい、恥ずかしぃよぉ……)

「ははっ、恥ずかしさでイクなんて、美鈴は本当にエッチだな。わかった。そろそろ僕も限界だ。射精《だ》すよ、美鈴の奥に濃いの射精《だ》してあげるから、気合い入れておマ○コでチ○ポしごいてよ」

「ふぁぃい……おチ○ポしごきましゅう」

しばらく腰を動かし続けていると、膣内《なか》でおち○ちんが一回り大きく膨らむのを感じた。

(ああっ……くるっ！)

アタシが身を固くしたその瞬間――

びゅるっ！　びゅるるる！　びゅるっ！

身体の奥で弾けるような感触があった。温かいものがお腹の中で広がっていく。

「はぁう、ぅ、あ、あちゅい、おなか、あちゅぃよぉ、ふぁ……」

身体はガクガク。アタシは身を起こしておくこともできなくなって、鏡に頬を押し付けるようにもたれかかった。

「はーっ、ひゅ――っ、ひゅ――っ……」

肩で息をしながら、アタシと頬を合わせている鏡の中のアタシは、とんでもなくいやらしい表情で、とてもブサイク。

（ひどい顔……でも……）

鏡の向こうのアタシは……アタシの知る誰よりも幸せそうに見えた。

✖モホーク男爵の哀しき呪い

待ち合わせは午後二時。日曜日の十四時。うん、今日で間違いない。

アタシは、スマホに表示された時刻に目を落とす。うん、そろそろだ。

ドキドキする。競技会でも、こんなに緊張したことなんてない。

待ち合わせ場所は、駅前の誰だかよくわからないチョビ髭のおっさんの銅像前。そこは、通称チョビ像前と呼ばれていて、待ち合わせの定番スポットになっている。

『デートとか言うと、絶対来ねーからさ。気晴らしにカラオケ行こーぜって誘うわ。俺と光ちゃんと純、三人でカラオケ行って、晩飯食って、俺は適当なとこで消えるからさ。あとは光ちゃんの頑張り次第ってので、どうよ？』

交渉が成立したあの日、ロン毛の立岡がそう言って、ビシッと親指を立てる姿を思い出した。

（うん、やっぱウザいわ、あいつ）

小金井《こがねい》……今は藤原か。あの子は身のほどを知って、自分とお似合いのド底辺と付き合い始めたから基本、放置でも良いのだけれど、利用はする。

あの子のエロ写メと交換条件で、立岡にセッティングさせた純一さまとのデート。

純一さまはそうは思っていなかったとしても、アタシにとっては紛れもなくデートだ。

あの忌ま忌ましい黒沢美鈴がいなくなった今、もはやアタシにライバルはいない。純一さまの彼女の座へと、道は拓《ひら》けている。

今日の装いは、白のワンピースにピンクのカーディガン。

今まで陸上一筋で来たから、お洒落なんて全く無頓着で、いざデートが決まって、クローゼットを漁ってみたらジャージばかりで絶望した。

純一さま狙いで動いていることを、クラスメイトにはバレたくないし、だからといって姉貴なんかに頼ったら、ヤンキーファッションを押し付けられるのは目に見えている。

仕方がないので後輩たちを集めて、どうにかコーディネートしてもらったんだけど、まあたぶん、それほどおかしくはないと思う。

『春らしくて、ちょっと清楚な感じのコーディネートっス、似合ってるっスよ！』

後輩の中で唯一、彼氏のいる岸城《きしき》がそう言っていたのだから、大丈夫なはずだ。……たぶん。

「髪……伸ばそうかなぁ」

アタシは、前髪を摘まんで独り、そう呟いた。

待ち合わせの時間から二分が過ぎた辺りで、ロータリーの向こう側、駅の改札のほうに目を向けると、改札口から純一さまが出てくるのが見えた。

軽くブリーチした髪は、少し長めだけれど清潔感がある。春物っぽい薄いブルーのニットに白のパンツ。胸元の小ぶりなシルバーアクセがさりげなくて、すっごくお洒落だ。

(ヤバい、私服の純一さま、超カッコいいんだけど！)

純一さまはアタシと目が合うと、にこりと微笑んで軽く手を上げた。

(この記憶だけで、ご飯三杯はいけそう……)

「どーも、光ちゃん。昌弘はまだ来てないの？」

昌弘というのは立岡のことだ。

「こ、こんにちは、粕谷……くん。えーと、た、立岡くんは、ま、まだみたい……です」

「珍しいな、アイツ……いつも一番乗りのくせに。ねえ、光ちゃん」

「ひゃ、ひゃい!?」

「珍しいよね。光ちゃんと一緒に遊ぶの。初めてだっけ？」

「う、うん、た、たぶん初めて……かな？」

「私服だと大分イメージ違うよね。可愛いと思うよ」

（可愛い⁉　可愛いって言われた⁉）

「え、えへへ……そう、かな」

だが、幸せだったのはその辺りまで。

あのクソロン毛が、いつまで待っても来る気配はなく、だんだん純一さまもイライラし始めて、どんどん雰囲気が悪くなってくる。

そして、一時間ぐらい経った頃、とうとう純一さまがキレた。

「昌弘のヤツ……全然既読もつかねーし、ダメだなこりゃ。完全に忘れてやがる。こうなったらアイツ、もー来ねぇわ」

これはこれで、チャンスだ。どうせあのクソロン毛は、途中で消える予定だったのだ。最初から二人っきりのほうが良いに決まっている。

「じゃ、じゃあ、二人で……あ、遊ぼうよ」

勇気を出してそう口にすると、純一さまは食い気味にこう答えた。

「あー、それは勘弁。俺、美鈴に誤解されるようなことしたくねーから。好きでもない子と二人で遊んで勘違いされるとか、マジ面倒くせーし」

「で、でも、黒沢さんは……」

途端に、純一さまにギロリと睨《にら》まれた。

「それは関係ないよね？」

「は、はい、ごめんな……さい」

「悪いけど、じゃ、俺、帰るわ」

「え……う、うん」

そのままアタシは、去っていく純一さまの背中を、ただ見送ることしかできなかった。

「好きでもない子って……」

わかってたけど、言葉にされるとやっぱりキツい。

「うぅうぅうぅうぅうぅうぅぅぅぅ……」

奥歯がギリギリと音を立てる。ムカつく、腹が立つ。とりあえず、クソロン毛はボコる。

何よりアイツだ。黒沢美鈴の奴だ！　行方不明になっても、まだアタシの邪魔をする！

今度姿を現したら、タダじゃおかない！

×××

帰れると聞いて張り詰めていたものが緩んだのか、あの後、黒沢さんはずっと泣きじゃくっていた。

だが、そんな彼女を容赦なく犯すという状況、涙に潤んだ喘ぎ声に、僕は異常なぐらいに興奮した。やはり僕は、随分サドっ気が強いらしい。

とはいえ、あそこまでボロボロと泣いた理由は、黒沢さん本人にもよくわかっていないと思う。

情緒の問題だ。女性は割とそういうケースがあると聞いたことがある。

泣くことでストレスを発散するのだと。

泣いてる女性に「なんで泣いてるの？」とは、聞いてはいけないものらしい。

本人も自分がなんで泣いてるのか良くわからないから、質問に答えられないことにストレスを感じて、より一層泣くのだという。

だからそういう時は泣き止むのをただ待つのが正解だというのだから、その場にいる男性にとっては地獄としか言いようがない。

まあ、僕は泣き止むのを待つほど気は長くないので、構わず好き放題に犯したわけだけれど。

そして、夕方近くになって彼女は、涙やら涎《よだれ》やら精液やらでぐっちょぐちょのまま、疲れ切って眠りに落ちたのである。

姿を消してずっと見ていたのだろう。宙空から姿を現したリリが、軽く頬を引き攣らせながら口を開いた。

「うっわー……ぐっちゃぐっちゃデビな」

「粕谷くんのこと考えてるなーって、気づいちゃったんでね。ちょっとしたお仕置きだよ」

「うんうん、良いデビな。嫉妬深さも独占欲の強さも悪人の資質のうちデビ。じゃあ、黒沢ちゃんのことは従者に任せて、別の部屋に移ってほしいデビ」

「別の部屋？」

「ロン毛が返却されてきたデビよ」

×××

服を着て別の部屋に移ると、リリが部屋の隅に蟠《わだかま》っていた影に手を突っ込んだ。

「よっこらデビ」

彼女が影の中から引っ張り出したのは、ロン毛の男。もちろん立岡くんである。

「……男の裸は、あんまり見たくないな」

立岡くんは、一糸纏《まと》わぬ全裸。白目を剥いて、いわゆるアヘ顔のまま失神していた。

「これ……どういう状態？　立岡くんに何したのさ？」

一見する限り、寺島さんのようにクリーチャー化している様子もなく、ただ失神しているだけのようにも見える。

「知り合いのモホーク男爵に貸してあげたんデビよ」

「モホーク男爵？　あー……なんか想像ついちゃったよ。名前で」

「あはは、それはたぶん、このロン毛の身に降りかかった出来事としては、半分正解デビ」

「半分？」

「まあ聞くデビよ。モホーク男爵は、魔界でも紳士の中の紳士と呼ばれるナイスガイデビ。『女悪魔に聞いた！　抱かれたい悪魔』百年連続、第一位デビ」

なぜか自慢げに胸を張るリリ。

「ただ残念ながら、彼は男色家。とりわけ、人間の男のキュッと力を込めた時にできる尻えくぼにグッとくるナイスゲイデビ」

「やっぱりそうじゃん！」

「ところが彼は、百年前の魔王後継戦争の際に、悲劇的な呪いを受けてしまったんデビ」

「呪い？」

「そう、あまりにも悲劇的な呪いデビ！　彼が愛する者と三度まぐわうと、なんと！　愛する者は、愛せない姿に変わってしまうんデビッ！」

「……はい？」

「平たく言うと、彼に三回ブチ込まれた男は、完全に女になるんデビ。このロン毛の場合は一回だけ。それでも三分の一ぐらい女になってるデビ」

「どぇえええええっ!?」

これには僕も驚いた。たぶんリリと出会ってから、一番驚いたと思う。

慌てて立岡くんの身体に目を向けると、胸がちょぴっと膨らんでいる。たぶん、藤原さんと同じぐらい。

いや、もしかしたら立岡くんのほうが大きいかもしれない。

チ○ポは大分小さくなっていて、今は萎《しお》れているがあの感じなら、勃起してもお弁当に入ってるタコさんウインナー程度だろう。

「ギリギリ生殖能力は残ってるデビ。あと骨格とかも変化してると思うデビ。もうちょっと太ったら、腰回りの肉付きとかも変わってくるデビな」

「うわぁ………」

ドン引きである。流石にこれは同情を禁じ得ない。

「まあ、まだ多少女っぽい男で通用するデビ。ただ、もうコイツのチ○ポで満足できる女はいないと思うデビ」

そんな話をしていると、立岡くんが意識を取り戻した。

目を開けた途端、彼は「ひぃいいいいい!?」と怯えて身を縮める。そして、周囲を見回し、僕の存在に気が付くと、上擦った怒鳴り声を上げげた。

「き、き、木島ッ！　な、なんなんだよ、あのブタのバケモンは！」

「ブタ？　抱かれたい悪魔第一位なんじゃないの？」

僕がそう問いかけると、リリはフフンと鼻を鳴らした。

「悪魔は内面重視なんデビ。男爵は心がイケメンなんデビ。たぶん、フミフミも魔界じゃそれなりにモテると思うデビよ」

「どういう意味だ！」

そんなやり取りをしていると、立岡くんがキレた。

「無視してんじゃねー！　お前か、お前のせいか！　とんでもない目に遭わせやがって！　絶対許さねぇからな！　覚えてろよ！」

キレているとはいえ、この状況で強気に出られるというのも、なかなか良い根性だと思うのだけれど、それ以上に僕は、このロン毛にどれだけ舐められてるんだろうと溜め息が出る。

「はいはい、覚えておいてあげるよ。立岡くんは忘れるだろうけど」

そう吐き捨てて、僕は彼を指さした。

「麻痺《スタン》」

「ぎゃひん！」という、マンガみたいな悲鳴を聞きながら、僕はさらに機能を行使する。

「人物忘却《フォーゲットパースン》」

この部屋における、『人物』に関する記憶だけを消去する機能である。

これで彼は、自分が何をされたのかは覚えていても、誰にされたのかは忘れてしまうことになる。そして、僕は宙をふわふわと浮いているリリを見上げて、こう告げた。

「従者さんに指示してさ、このバカロン毛、適当なとこに捨ててきてもらえる？」

「いいデビよ」

「夜になったらまた真咲ちゃんのところに行くつもりだけど、それまでひと眠りするよ。流石にちょっとキツくなってきたから……」

「そうデビか。ところでおっぱいちゃんの洗脳状況はどうデビ？」

「順調だよ、今夜はこれを使うつもり」

僕は今朝のうちに台所から持ってきておいた、白い錠剤をリリに見せる。

「なんデビ？」

「これは排卵誘発剤……っていうのは、全くウソで、タダの栄養剤だよ」

母さんが常用している、美白に効くという触れ込みの栄養剤である。

コレを使って追い込む。真咲ちゃんの仕込みは、それで完了だ。

✖にやけちゃってるんだもん

そして、夜が来た。

テーブルの上に一枚の紙と栄養剤を一粒置いて、僕は真咲ちゃんの隣に横たわる。

黒沢さんに、火曜日と日を区切った以上、これが真咲ちゃんへの最後の洗脳となるだろう。

真咲ちゃんが僕を好きになればなるほど、僕に裏切られた時の傷は大きい。

なんでそこまで……と、僕だってそう思う。正直、裏切られたことに対する恨みはもうない。いや、なくはないけど……かなり薄い。

むしろ、僕は恐れているのだ。再び裏切られることを。

彼女は、僕を愛していると言ってくれた。だが僕は、その言葉を無邪気に信じられるような人生を送ってきてはいないのだ。

リリが言うには隷属状態になれば、状態が固定されるのだという。そうなればもう僕を裏切ることはない。

どうにか真咲ちゃんを、その状態にまで堕としてしまいたい。

だが、現状そこに至っているのは涼子だけだ。

あれだけ、手間をかけたにもかかわらず、黒沢さんに到っては屈従止まり、真咲ちゃんも屈従。

藤原さんが従属状態に到達したのは、正直意味がわからないけれど、少なくとも隷属状態までは到っていない。

この三人と涼子の違いはなんだ？

多分、普通の恋愛感情を最大値まで引き上げても、隷属状態には至らないのだ。それ以上に、強烈に僕の存在を刻み込む必要があるのだと、僕はそう考えた。

上手くいけば真咲ちゃんは酷く傷つき、恨み、ひがみ、僕を、世の中を恨むだろう。そのまま底辺まで堕ちきってしまうかもしれない。だが確実に僕を、僕だけを彼女の心に刻み込める。

その状態なら隷属状態にもっていけるのではないかと、そう考えたのだ。

もちろん仮説でしかないし、彼女を失う可能性のほうが大きい。

できれば、同じタイミングで黒沢さんも隷属状態にもっていければとは思うけれど、流石にそれは虫が良すぎるだろう。

リリにそんな話をしたら、『フミフミは洗脳ビギナーデビ。失敗しても落ち込んじゃダメデビよ』と、やけに優しい眼差しを向けられて、失敗する前提の話をされた。

じゃあ、どうやったら隷属状態に持ち込めるのか教えてくれよとも思うけれど、泣き言を言っても始まらない。ここまでくれば、やるしかないのだ。

「リリ、良いよ」

そう口にした途端、ピンが抜けたのだろう。真咲ちゃんのまつ毛が小さく震えた。

コンティニュースタートだ。

「おはよ……文雄くん、えへへ……」

彼女は、今日も寝ぼけ眼のまま、ふにゃりと微笑む。

「おはよう。真咲ちゃん、起きてすぐになんだけどさ……ちょっと見てほしいんだけど？」

「にゅ……なに……？」

ふわふわした雰囲気の彼女の手を引いて身を起こさせると、僕はそのままテーブルのほうへと歩み寄った。

「ここに……こんなものがあったんだ」

彼女はテーブルの上に目を向けると、眠気が吹っ飛んだかのように目を大きく見開いた。

「何……それ……？」

言葉を失うのも無理はない。

テーブルの上に置かれた一枚の紙には、ゴシック体でこう印字されていたのだ。

『排卵誘発剤を用意しておいた。これを服用してセックスをすれば確実に孕む。ここから出してほしければ——子を孕め』

「なんでこんなこと……」

まあ、そうですよね……何かしら、それっぽい理由を捻り出してみる。

「真咲ちゃんの可愛さに嫉妬した子が、嫌がらせにブサイクの子を身ごもらせようとしてる……とか？」

「流石に嫉妬でここまではしないと思うけど……。それより文雄くん！　わたしの彼氏を貶《けな》さないでほしいなー。文雄くんはちょっと個性的なだけで、別にブサイクなんかじゃないもん！」

「あ、うん、ありがとう」

思わずお礼を言うと、彼女はくすっと笑った。そして、彼女は笑顔のまま、とんでもないことを口走る。

「うん……じゃあ、赤ちゃんつくっちゃおうか」

「はい!?」

これには僕も、流石に面食らった。

泣いて嫌がる真咲ちゃんを説得して、しぶしぶ受け入れさせる。そんな流れを想像していたのに、あまりにもあっけらかんとそんなことを言われたら、驚かざるを得ない。

しかも、これが藤原さんとかならわからなくもないけれど、大人しくて引っ込み思案の、あの真咲ちゃんが、だ。

「なんでそんな顔するの？　文雄くん。だって、もう何回もその……膣内《なか》に出しちゃってるんだし。もうデキちゃっててもおかしくないでしょ？」

「それは……そうなんだけど、確実にって言われると、ちょっと違うというか……」

「一緒だよ。わたし、文雄くんから離れるつもりないし、むしろ赤ちゃんできちゃったほうが、早く文雄くんと結婚できるもん」

「け、け、結婚!?」

「いや？」

「いや……じゃないけど」

なんだ？　やけに真咲ちゃんがグイグイ来る。彼氏ができて、黒沢さんへのコンプレックスが弱くなったからだろうか。随分、強気なように思えた。

「たぶん、普通に結婚しようとしても、ウチのお父さんが絶対許してくれないし、むしろ丁度良いかも……。でもでも、ウチのお父さん怖いよ？　校長先生だし。たぶん殴ったりはしないと思うけど、間違いなくお説教は長いから。頑張ってね、ア・ナ・タ」

「あ、うん」

なんだか、仕掛けた僕のほうが、完全に呑まれてしまっている。

戸惑う僕を気使うように、真咲ちゃんはぎゅっと抱き着いてくる。そして、僕の胸に頬を押し当てながら、彼女はこう囁《ささや》いた。

「……ここから出られたら、普通の恋人みたいなこと一杯しようね。デートして、旅行にいって、学校の帰りにファーストフードに寄って、だらだらお話しするの」

僕と彼女は、どちらからともなく唇を重ね合い、そのままベッドへと倒れ込んだ。

唇を貪りながら互いの身体を弄《まさぐ》りあう。彼女は、いつも以上に興奮しているように見えた。

真咲ちゃんの股間は、トロトロに濡れそぼっている。彼女は唇を離すと、じっと僕の目を見つめてこう言った。

「おくすり……頂戴」

ピンクの艶《なま》めかしい舌。僕は彼女の舌の上に、白いタブレットを乗せる。水なしでは呑み込み難いのか、彼女は少し目を白黒させながら、ゴクンと喉を鳴らした。

「あは……飲んじゃったよ」

「……うん」

なんだか真咲ちゃんが、別人のように艶《なま》めかしく見える。彼女は僕の顔を手で挟み込んで、誘惑するように耳元で囁《ささや》いた。

「挿《い》れて……真咲に赤ちゃん、ちょうだい」

耳元に熱い吐息、ゾクゾクゾクッと身が震える。

「ま、真咲ちゃんっ！」

「あんっ……」

僕は彼女を押し倒すと、肉棒を彼女の膣口に押し当てて、ぐっと腰を押し出した。

ヒタヒタに濡れた肉が僕のモノを包み込む感触。

「んっ……んんっ……」

彼女は眉根を寄せて、目を閉じている。

やがて、僕のモノが完全に膣内《なか》に埋まりきると、彼女は大きく息を吐いた。

「はぁ、はぁ……わたしね、可愛い奥さんになるから。わたしの身体……心も全部あげるから、ずっと愛して……はぁ、はぁ……」

「愛してるよ」

「……うん、わたしも」

僕は、すぐには腰を動かさず、彼女の人並み外れたおっぱいに顔を埋める。そして、その甘い香りを吸い込みながら、ゆっくりと腰を動かし始めた。

「真咲ちゃんの膣内《なか》、すごく気持ち良いよ」

「あ、ふぁ、あっ……わたしも気持ちいい、ん、んぁ、んっ！　あぁぁ……んぁっ！」

孕まされるという状況に興奮しているのだろう。彼女の膣内《なか》はいつも以上に熱く、いつも以上に濡れそぼっているような気がする。

「はぁ、はぁ、文雄くん、わたしのこと好きにしていいからぁ……わたし、もっともっと文雄くんの好みの女の子になりたい」

「じゃあ、もっと激しくするね」

「あ、ああ、いいっ、あ、あぁぁ……んぁぁぁ……あぁぁっ！」

腰の動きを速めると、彼女はさらに昂《たかぶ》った様子で、まるで子ザルのように両手両足を絡ませて、僕の身体をホールドする。

「もっと、もっと気持ち良くなってぇ……」

「ま、真咲ちゃん……んっ！」

その瞬間、僕は声を喉に詰まらせた。正直、驚いた。いきなり彼女が下から器用に腰を振って、僕のモノを膣で擦り上げ始めたのだ。

僕を気持ち良くしてあげたいと、そう思ったのだと思う。まるで娼婦のような淫靡な腰の蠢《うごめ》き、愛おしげに僕の身体を擦《さす》り、我を忘れてしまったかのように、彼女は腰を動かしていた。

「ふぁ、んっ、んんっ！　あ、あぁ、あああっ、ああああぁんっ！」

興奮するに連れて、息遣いが荒くなっていく。彼女の喘ぎ声が部屋中に響き渡っていく。

「文雄くん、文雄くんっ！　もっとわたしを好きになって……可愛がって……可愛い奥さんになるからぁ……。あ、あぁぁ……んんんっ！」

叫ぶように僕の愛を求める真咲ちゃん。そんなことを言われたら、もう止まれない。

求めに応じるように僕は、ぐちゅぐちゅに濡れそぼった膣内を突きまくり、真咲ちゃんもさらに僕のモノを貪ろうと、必死に腰を動かした。

「キスぅ、キスしてぇ……」

口を窄《すぼ》める彼女に、僕は荒々しく食らいつく。

「ちゅ、れる……ちゅ……んちゅ……」

繋がったまま唇を重ね、僕らは互いの舌を弄《まさぐ》り合った。ざらざらの舌の腹で互いの舌を擦り合わせ、唾液を注ぎ込み、唾液を啜《すす》りあげ、飲んで、飲ませる。

「あふっ……文雄くんの舌ぁ、おいしいよぉ……」

口を離して、僕らは伸ばした舌をレロレロと絡めあった。

そんな、いやらしいキスに興奮は高まる一方。僕は彼女の脚を肩に担ぎ上げると、腰を跳ねさせるように上から下へと強く肉棒を打ち付ける。

「ひぃっ！　いきなり激しっ……すごっ！　あ、あ、ああっ！　んひっ！　あ……あぁぁぁっ！」

「もっといくよ！」

脚をさらに前へと押し込み、身体を屈曲させて、完全に上向きになった真咲ちゃんの膣を上から下へと力任せに押し潰した。

「んひぃ!?　深いっ、おち○ちんがズンズンきてるぅぅぅ！　そんなにしちゃダメぇ、おかしくなっちゃうぅ、ん、んんんっ！」

「いいよ、おかしくなっちゃえ」

ストロークを長くして彼女の一番奥の奥、子宮口を、まるで攻城兵器が城門を突き崩すように、ガンガンと突き立てる。

「んんっ、んんんんんっ！」

突然、彼女の身体が、ビクンビクンと痙攣《けいれん》し始めた。

もうイキそうになってる。歯を食いしばって、必死に絶頂を堪えている。そんな風に見えた。

だが、ここで手を緩めるつもりはない。子宮口を亀頭で何度も突き上げて、僕はさらに彼女を追い詰める。

「んひっ！　あ、あひっ！　あ、あああっ……イ、イク、イクイクイクイクっ！　イクぅううう！」

身体がガクガクと震えて、彼女の表情がだらしなく蕩けた。どうやらイってしまったらしい。

だが、やっぱり僕はサドッ気が強いのだろう。

実際、僕はまだイっていないし、ここでやめる理由はない。より一層強く膣奥を突き上げてやると、急に彼女の様子が変わった。

「あ、ぎゃ……お、おぉ、あひっ、あぁ……あぁぁぁ……」

喘ぎ声が途切れ途切れになって、彼女は限界まで目を見開いたまま歯を食いしばっている。まるで壊れたロボットみたいに、ガクンガクンと身体を震わせ始めたのだ。

「今、すごい顔してるよ」

「しょんな、こと、いわれ……たってぇ……んぎっ……」

涙を零《こぼ》して、涎《よだれ》は垂れっぱなし、鼻水だって出てるみたい。もちろんアソコは大洪水で、ボトボトと音が聞こえるぐらいに愛液が垂れ落ちている。

全身汗塗れ、真咲ちゃんはもう粘液質の生き物みたいになっていた。

これ以上やったら壊れてしまう。そう思いながらも、彼女がどうなってしまうのか見てみたい。そんな欲求にかられて、昇り詰めつつあった射精欲を強引に抑えつける。

そして、僕はすぐにイってしまわないように腰の速さを抑えて、強く子宮口を抉《えぐ》った。

「んぁん！　おっ！　お、おっ！　おぉおっ！」

途端に、真咲ちゃんの様子がさらにおかしくなる。黒目がぐるんと上を向いて、喉の奥から涸れたような声を漏らした。

「あぁぁぁぁっ……、あぁぁぁぁ……ぁ」

もはや喘ぎ声ではなく呻《うめ》き声。彼女はだらしなく舌を垂らしながら、理性の欠片もない表情で昇り詰めていく。

(真咲ちゃんが壊れた！)

そう思った途端、僕は興奮のあまり射精しそうになった。

膣内で僕のモノがビクンと跳ねる感触を感じ取ったのだろう。真咲ちゃんは腰に絡めた足をグッと締め上げてくる。

「らしてぇ……らしてぇ……はらましぇてぇ……あかひゃんのぱぱにらってぇ……」

快感の海で溺れる彼女の目に、もはや理性らしきものは見当たらない。むしろ、ほとんど本能だけで膣内《なか》出しをねだっているようにさえ見えた。

でも、それが嬉しい。あの、大人しくて控えめな真咲ちゃんを、ここまで狂わせたことが誇らしかった。

昂《たかぶ》る。滾《たぎ》る。燃え上がる。これが、ラストスパートだ！

「孕め！　真咲！　孕めっ！」

僕は火が付いたように腰を振りまくり、彼女の膣奥をさらに激しく突き上げる。

「んぁあああああっ！　はげしぃぃいいいい!?　ひあっ、あぁあああああぁっ！」

「射精《だ》すよ！　射精《だ》すからな！」

「あぁっ、うぉあ、うあぁおぁあ……ん、んんっ！」

彼女は答えようとしているみたいだけれど、もはや呻《うめ》き声にしかなっていない。

「孕めっ！」

そう叫んだ途端、根元で渦巻いていた熱い塊が、勢いよく破裂した。

どぶっ！　どびゅるるるるっ！　びゅるるっ！

「くっ……！」

襲いかかってくる鋭角的な快感に、僕は思わず顔を顰める。

気持ち良すぎる。だが、真咲ちゃんは、それ以上らしかった。

「ぬひっ!?　ひゃっ、あちゅっ！　あ、うぁぁあああああぁぁぁっ！」

膣奥に精液を噴きつけられた瞬間、彼女は一瞬驚いたような顔になった後、すぐに快楽にだらしなく表情を蕩けさせる。

白い首筋をさらして背筋は仰け反り、腰を締め上げていた足が、天井を向いてぴんっと張った。

「…………っ」

そして、最後は声にならなかった。

口をパクパクさせながら高みに登りつめ、息絶えるみたいに彼女の身体から力が抜け落ちた。

だが、限界なのは、僕も変わらない。

僕は彼女の豊かな胸に、顔を埋めるように倒れ込み、乳首に軽い口づけをしながら、乱れた息を整える。

「はぁ、はぁ」と、二人の吐息だけが、部屋の中に降り積もっていく。

どれぐらい、そうしていただろうか。

「……真咲ちゃん」

しばらくして、僕が顔を覗き込もうとすると、彼女は両手でさっと顔を隠した。

「……見ないで、お願い」

「なんで？　真咲ちゃんのエッチな顔、僕、好きなんだけど」

「違うの」

「何が？」

いやいやと首を振る彼女に、僕は思わず首を傾げる。

「だって、もう文雄くんの赤ちゃんがお腹にいるんだって思ったら……にやけちゃってるんだもん」

その瞬間、レベルアップの電子音が鳴り響いた。

第八章　羽田《はねだ》真咲が目覚める時

決戦前日

「羽田真咲の状態が『従属』へと変化しました。それに伴い、以下の機能をご利用いただけます」

「・目印《マーカー》――虜囚（屈従・従属・隷属の状態の者の総称）の居所を把握できます」

「・支部《ブランチ》――隷属状態の者に扉を設置する能力を一時的に貸与できます。但しその場合、追加機能は利用できません。初期機能のみのご利用となります」


とりあえず真咲ちゃんを従属状態にもっていくことができて、僕はホッと胸を撫で下ろした。

既に夜半を過ぎて、今日はもう月曜日。勝負は火曜日と言いながらも、事実上は今夜である。

深夜零時を回った時点で黒沢さんに、僕を選ぶのか粕谷くんを選ぶのかを迫るからだ。

「どーしたの？　ぼーっとしてるけど？」

突然、真咲ちゃんが顔を覗き込んできて、僕は彼女に微笑みを向ける。

「今日の真咲ちゃんは、すごくエッチだったなーって思い出してた」

「もー……バカぁ」

僕らはこの日、これ以降はセックスをしなかった。

僕と彼女は抱き合いながら、ただ語り合った。

この部屋を出たら何がしたい。何が食べたい。デートはどこへ行こうか？　子供は男の子が良い？　女の子が良い？　子供の名前はどんな名前にしようか？　新居はどこがいい？

実際に赤ちゃんができていたら降りかかって来るであろう苦労からは目を背けて、ただ夢みたいな話をして、僕らはずっと指を絡め合っていた。

真咲ちゃんが眠りについたのは、朝方のこと。

彼女が静かに寝息を立て始めると、例によってリリが現れて彼女の魂をピン止めする。

そしてリリは、ふわふわと浮かびながら、完全に停止した真咲ちゃんの顔を覗き込んで、にんまりと口元を歪めた。

「幸せそうな顔してるデビな。目を覚ました時には、絶望が待ってるとも知らないで……」

「リリは、失敗すると思ってたんじゃないの？」

「今でもそう思ってるデビよ。フミフミは、女っていう生き物を甘く見すぎなんデビ」

「でも、反対はしないんだね」

「失敗も経験のうちデビ。でも、やるなら『演出』ぐらいはちゃんとしたほうがいいデビよ？」

「演出？」

「おっぱいちゃんに、全部自分が仕組んだことだってバラすんデビ？　それなら部屋の感じも悪者っぽくしたほうが良いデビよ。なんといってもイメージは大事デビ。魔王さまですら、玉座の間がおどろおどろしいのは、大半演出デビ」

「演出なの!?」

「そうデビよ。わざとらしく髑髏《どくろ》を転がしてみたり、魔王さまにピンスポ当てたり、玉座をおどろおどろしくデコってみたり、アレ、結構大変なんデビよ……」

舞台裏の話を聞くと、なんだろう……悪魔に変な親近感が湧く。

「……まあそこまで言うんなら、悪人の部屋っぽくしてみようか」

そして僕は、リリのアドバイスに従って、部屋のレイアウトや装飾をあーでもない、こーでもないと変えてみる。

結局、登校する時間が来てタイムアップ。

これでいいやと妥協した部屋を目にして、リリは——

「悪の秘密結社の総帥の部屋みたいデビ」

そう言った。

×××

ふわふわのブランケットの感触。

お陽さまの香りに包まれて、アタシは目を覚ました。

もはや日常と化した、例の豪華な部屋での目覚め。身体を起こす頃には、朝食には何を用意してもらおうかと考え始めている。

「中華粥……ザーサイいっぱいの」

モデル仲間の子たちが、撮影で行った台湾で中華粥が美味しかったと、そう言っていたのを思い出したからだ。

なんだか目が腫れぼったい。そりゃそうか……あれだけ泣きじゃくったんだから。

今日は一日、のんびりの日だから良いけれど、これがモデル仕事の日だったらアウトだし、こんな顔、純くんにもフミくんにも見られたくない。

それにしても、昨日のフミくんは凄かった。あれは……ヤバい。

あの大きなおち○ちんで、同じところをガンガンに突きまくられたら、気持ち良いに決まっている。嫉妬する男の子は可愛いなと思うけど、それをエッチにぶつけられると、本当にヤバかった。

アタシは、思わずブルっと身を震わせる。

(ダメダメ！　思い出しちゃダメ！　またほしくなっちゃう)

いつから自分は、こんなにエッチな子になっちゃったんだろうと、そう思う。

(フ、フミくんが悪いんだからねっ！)

「お目覚めでございますか、美鈴お嬢さま」

いやらしい妄想を振り払おうとブンブン頭を振るアタシに突然、フリージアさんが声をかけてきた。

「あ、フリージアさん、お、おはよう。あの……アタシ……」

「伺っております。純くんさまかフミフミさま、どちらの方かをお選びにならなくてはいけないのだと……」

「うん、アタシ、純くんのとこに戻るから。フリージアさんと会うのも、これが最後になるのかな」

「もう、お決めになっているのですね」

「うん、フミくんのこと、こんなに好きになると思ってなかったけど、やっぱりその切っかけは、純くんのところに帰りたいからだったし……」

「左様でございますか。フミフミさまは悲しまれることでしょうね。愛した方を失うことになるのですから……」

「だからね。最後に何かしてあげたいと思うんだけど……」

「そういうことでございましたら……フミフミさまの性癖としてはやはりセクシーランジェリーでございますから、それをお召しになってご奉仕プレイなどが良いかと……」

「やっぱり、そういう方向になっちゃうのね……」

「はい、それが最適かと」

「で、でも、フリージアさんには任せないから！　いくつか持ってきてもらって、自分で選ぶから！」

「かしこまりました。では朝食にいたしましょう。台湾から取り寄せました、名店満珍楼の極上中華粥をご用意しております」

✖✖✖

「えへへ、席変わってもらっちゃった！」

教室に辿り着くと、僕の隣の席に藤原さんが座っていた。僕が言えることは一つしかない。

「チェンジ！」

「ふーぞくみたいに言うなしッ！」

藤原さんに隣に来られると、平穏な時間がなくなる。ここはどうあっても、元の席に戻っていただきたい。

「ゴリ岡に怒られるよ？」

「ゴリが気づくわけないじゃん。隣に座ってた子もふーみんの隣はイヤだったから、メチャ嬉しいって喜んでたよ」

「……僕の心をナチュラルに抉《えぐ》んのやめてくんない？」

僕の隣に座ってたのは、眼鏡の大人しい女の子だけれど……そんなにイヤだったのか。そうか……それはスマンかった。

「あはは、ウインウインってヤツだよね？　ホント、みんな見る目なくって助かるよー」

「あのー……藤原さん。そう言いながら、席くっつけてくんのやめてくれませんかね」

「いいじゃん。あーし教科書全部忘れちゃったから、ふーみん教科書見せてよ」

「全部って……おまえ、何しに学校に来た！」

「ふーみんに会いにに、決まってんじゃん」

「くっ……は、恥ずかしげもなく、よくそういうこと言えるよね……」

「じゃわかった。離れるからちゅーして！」

「できるか！」

「えーいいじゃん。ふーみん超かっこいいから、他の子にとられないように、ちゃんと見せつけときたいんだってば！」

藤原さんが「超かっこいい」と言った辺りで、周囲の人間が一斉に二度見した。気持ちはわかる。

「……そんなにちゅーしたいんなら、猫の物まねとかしてみて」

「そんなの簡単じゃん」

そう言って、藤原さんは猫の手をつくると、それで僕を手招きし始めた。

「にゃーにゃー舞にゃんだにゃ、ふみにゃんにお願いがあるんだにゃん。ちゅーしてほしいんだにゃん」

「おしい、猫は人語を喋りません」

「ふにゃーにゃん！　にゃん！　にゃー！　にゃー！」

「何言ってるかわかんないから却下」

「ひどぃいいいい！　ふーみん最初からちゅーする気ないじゃん！」

「ねーよ」

「ひどい！　ふーみんの羞恥プレイマニア！」

既に周囲から漏れ聞こえてくるヒソヒソ声には、『バカップル』とか『朝っぱらから羞恥プレイ』『キモ島の変態』とか、そんな言葉が混じっている。おかしい。僕はちゃんと拒否しているというのに、どうにも負債の部分だけを背負わされているような気がする。

その時、教室に立岡くんが入って来た。

明らかにげっそりした表情で、生気の欠片も感じられない。入ってきたことに気付いたヤツも、ほとんどいないだろう。

「……よく顔出せたよね、あのロン毛バカ」

藤原さんが、あからさまに眉を顰めて、僕に耳打ちする。

「うーん……許してあげても良いかもね。かなり可哀そうな目にあったから、立岡くん。二度と女の子を襲えなくなってるみたいだし」

「何？　おチ○ポちゃん、千切られたとか？」

「不正解だけど近い」

「近いって……マヂで!?」

僕らが目で追っていることに気付いているのかいないのか、立岡くんは怯えるように自分の席に腰を下ろす。途端に粕谷くんが彼の傍へと歩み寄った。

「昌弘ぉ、昨日、おまえ、ブチんなよなー」

「あ……あぁ、ごめん」

立岡くんの声は弱々しい。流石に粕谷くんも様子がおかしいと思ったのだろう。

「なんだお前、体調でも悪いん？　顔色わりーけど」

「あ、ああ。昨日から……ちょっと」

「そうか、そういうことね。でも連絡ぐらい寄こせよな」

「わりィ……」

彼らの話はそこで途切れた。

「よーし、お前ら！　席につけ！」

始業のチャイムが鳴って、担任のゴリ岡が教室に入ってきたからだ。

ゴリ岡によると、今日も刑事さんたちが学校に来ているのだという。「名前を呼ばれた者は速やかに校長室に向かうように」と、ゴリ岡がもはや定番と化したフレーズを口にした途端、立岡くんがそっと手を挙げた。

「せ、先生、俺、刑事さんに話したいことあんだけど……」

忠犬、寺島涼子の報告

「なるほど……じゃあ立岡くんの話は、猪本刑事も『全く参考にならない』って、そう言ってたんだね？」

「んぁっ、んっ、じゅる、はい……ですから……んっ、何も問題は、はぁ……ございません」

僕の股間に顔を突っ込んでいる女性が、そう答えた。

切れ長の涼しげな目。同級生の女の子たちとは全く違うシャープな顎のライン。ウェービーなショートカットが特徴的な美女——寺島刑事である。

「はぁ、はぁ……ご主人さまぁ、もういいでしょうか……」

「ダメ。まだ話は終わってないよ」

彼女は口元を涎《よだれ》でべちゃべちゃにしながら、僕の睾丸の皺を舌先でなぞり、自分の胸を弄《まさぐ》って、熱っぽい吐息を漏らしている。

早く僕のモノを咥えたいのに、まだ許してもらえない。彼女はお預けされているのだ。口いっぱいに頬張ってしまっては、まともに話もできないからである。

ホームルームのすぐ後、立岡くんは教室を出て校長室に向かった。

彼が一体どんな話をしたのかは、やはり気になる。

僕は、涼子にショートメッセージを送り、四時限目の授業をサボって彼女と合流した。

場所は一階の女子トイレ。その一番奥の個室。

涼子は、何食わぬ顔をしてそこに入り、僕は隣の男子トイレの個室から『通過《スルー》』を使って、女子トイレのその個室へと移動する。

そうすれば、僕と彼女が一緒にいるところを、誰かに見られることもない。

僕の姿を目にした途端、彼女は嬉しそうに目を輝かせ、命令するまでもなく、その場に跪《ひざまず》いた。

全くもって、可愛いメス犬である。

「ご主人さま。ご奉仕でしたら、『お部屋』でさせていただいたほうがよろしいのでは？」

「授業中に女子トイレでってとこが、スリルがあって良いんじゃないか」

そう言ってしまってから、僕は自分の発言に自分でビックリした。

（スリルがあって良い？　なんだそれ？）

基本的に僕はビビりで怖がりなのだ。スリルを楽しむなんて発想はなかった筈だ。

もしかしたら僕も、徐々に変わり始めているのかもしれない。

そんなやり取りがあって今、便座に座った僕の股間に、涼子は跪いて頭を突っ込んでいる。

黒のパンツスーツに白のシャツ。いかにも仕事のできる女といった雰囲気の彼女が、シャツの胸元をはだけ、おっぱいを露わにしている。

口に含むことを禁止されてはいるものの、彼女は頬を上気させながら舌を伸ばし、愛しむように僕のモノを舐め上げていた。

「ちゅっ、ぢゅる、ぢゅるるっ、ぷっ、ちゅっ……んぁっ……」

僕が手を伸ばして、乳首を貫くピアスに指をかけると、彼女は嬉しそうに身体を震わせる。

涼子によると、立岡くんは自分の都合の悪いところを伏せて、昨日起こった出来事を話したのだそうだ。

曰く、彼女とホテルに入ったら突然意識を失って、中世の城のような所に連れて行かれ、そこで豚の怪物にケツを掘られた。

なるほど、魔界での出来事は『部屋』の外のことだから『人物忘却《フォーゲットパーソン》』の影響範囲外。ゆえにモホーク男爵のことは、ばっちり覚えているということらしい。

涼子の目には、この時点で、猪本刑事が話を聞く気を失ったように見えたそうだ。

それはそうだろう。豚の怪物が登場する話に、信憑性などあろうはずもない。それどころか同席していた校長から、ホテルへ行ったことのほうを問題視され、職員会議後、追って処分を言い渡す旨《むね》、宣告されてしまったというのだから、間抜けにもほどがある。

その後も彼は必死に訴えたそうだけど、何せ話の内容が曖昧に過ぎる。

豚の怪物にケツを掘られて失神した後、気が付いたら、よくわからない石造りの部屋で誰かと話をした。

ただ、誰とどんな話をしたのかは全然覚えていない。

でも、拉致されたのは間違いない。黒沢さんや真咲ちゃんも、自分と同じように拉致られたんじゃないかと、そう言っていたらしい。

うん、正解。確かにその通りなんだけど、彼の話にはなんのヒントも含まれていない。

猪本刑事は終始、にこやかだったらしいが涼子曰く、「あれは、先輩が話を早く終わらせたい時の顔でした」とのこと。結局、なんの心配もいらなかったというオチである。

「はぁん……っ、んっ……彼のことは放置してもなんら問題はないかと……」

そう言いながら涼子は、舌先でチロイロと鈴口を刺激する。

「良い舌使いだね。婚約者に仕込まれたの？」

「んぁっ、ちゅぷっ……っ、あの男の粗末なモノを口にしたことなど、はぁ……ございません。あっ……ご主人さまにご満足いただけるように、んんっ、ネットの動画を使って練習いたしました」

「ははっ、可愛いことを言ってくれるね」

僕が頭を撫でると、彼女はうっとりと表情を蕩けさせた。

「んんっ……はぁ……もう一つご報告が……」

「何？」

「照屋姉妹のことですが、れろっ、んっ……現在、姉の杏奈の夫が所属する暴力団への内偵を進めております、ん、レロレロレロ……売春斡旋の証拠を掴みつ……んぁ、つあります。近日中にも家宅、んちゅっ、ちゅっ……捜索に踏み切ること……ちゅぷっ、になりそうです」

「へぇ……」

それは、実に面白い展開だ。

「じゃ、家宅捜索の日時が決まったら、また報告を頼むよ」

「かしこまりました……あの、その際には……」

「心配しなくて良い。ちゃんと抱いてあげるから。じゃあ、そろそろ四限目も終わるからね。咥えて良いよ。僕のことを気持ち良くしてくれ」

「ありがとうございます！」

よほど嬉しかったのか、彼女らしからぬ無邪気な笑顔を見せたかと思うと、涼子はがっつくように僕のモノを口に含んだ。

授業中の静けさ、運動場のほうからは微かに生徒たちのかけ声、廊下を渡って音楽室のピアノの音が響いてくる。

「んちゅぅ……んっ……んちゅぅぅ……んっ……んぁああああっ……んっ……」

そんな日常の音に混じって、湿った吐息と鼻にかかった声が女子トイレの個室に響き渡る。

ぢゅぷっ、ぢゅぷっ、ぢゅぽっ……。

彼女が頭を前後に振るたびに、ウェービーなショートカットが弾むように揺れた。

「いいぞ、舌や口だけじゃなくて、もっと口全体を使ってくれ」

「ふぁっ……い……んんっ……んふぅぅっ……ちゅづ……づゅぅううう！」

口を窄《すぼ》め、鼻の下をうんと伸ばしたあさましい表情。涼子は情欲に濡れた瞳で僕を上目遣いに眺めながら、言われた通り、頬の裏の肉や舌全体を使って、僕のモノをしごき上げる。

興奮しているせいか、彼女の額には汗が浮かび始め、半開きになった口の端から唾液が泡を作りながら零《こぼ》れて、ぢゅる、ぢゅぅぅっ……と濁った音を立てていた。

「も、もっと大きく頭を振って……」

「ふぁぃ……っ、じゅぷっ……」

火傷しそうなくらい滾《たぎ》った口内で唾液を塗りたくられながら、窄《すぼ》めた唇で前後にしごき上げられる。

それだけで、ゾクゾクと戦慄が背筋を駆け上がり、自然と声が上擦ってしまいそうになった。

「んぅぅぅぅ……んむぅうう……ぢゅぽっ……んぐぅ……むっふぅっ……んふぅぅぅ！」

小鼻を限界にまで膨らませ、涼子は白い肌を灼熱させる。

「ご褒美だ。涼子、お前の腹を僕の子種で一杯にしてやるぞ」

「あぃがとふ、ごじゃい、うぷっ、まひゅ、うれひ……ぃです、んぢゅっ、んぐ、むぅぅっ！」

涼子は潤み切った双眸《そうぼう》を細め、僕のモノのくびれた部分をしごき上げるように、唇の輪を窄める。

亀頭だけを咥えて激しいストローク。追い立てられるような刺激に、僕もあっけなく限界を迎えた。

どぴゅっ！　びゅるるるるっ！

「んむぅうぅぅぅ!?」

射精のその瞬間、僕は涼子の頭を掴んで腰を押し込み、陰毛の中に涼子の美貌、その鼻先が埋まる様を見下ろしながら、長々と精を放つ。

「んくっ、んくっ、んくっ……」

細い喉が、繰り返し繰り返し波打つのを確認してから、僕はモノを引き抜いた。

引き抜かれる肉棒との別れを惜しむかのように涼子は首を動かし、僕のモノが抜けるその瞬間、口腔に満ちた白濁液をこぼすまいと瞬時に唇を尖らせる。

それから彼女は目を閉じ、天井を仰いで。ごくりと大きく喉を震わせた。

「ごちそう……さまでしたぁ」

全部飲みましたと、口の中を見せてくる涼子。僕が頭をなでてやると、彼女は嬉しそうに目を細めた。

「さて、あんまり遅くなると怪しまれるだろうからね。あと、ちゃんと口を漱《すす》いでから戻るんだよ。精液臭い口じゃ、流石にマズい」

「……後味をもっと楽しみたいのですが、ご命令なら我慢します」

ひどく残念そうな顔をする涼子に、僕は思わず苦笑する。

それと同時に、彼女に頼もうと思っていたことを思い出した。

「涼子、一つ頼みたいことがあるんだけど……」

「なんなりとお申し付けください！」

途端に、彼女は期待に満ちた顔をする。僕に命令されるのが嬉しくて仕方がないらしい。

「今夜……夜中だな。二時か三時ぐらいか。学校の正門前で行方不明の女の子を一人解放するから、悪いけど保護してやってくれないか？　自殺しようとするかもしれないけれど、絶対にさせちゃだめだ。話を聞いて、よくケアしてやってくれ。いいな」

「かしこまりました。あの……ご褒美をいただけたりとかは……その、あるのでしょうか？」

「もちろん。近いうちに涼子をベッドに呼ぶ。朝まで可愛がってやるから、期待していいよ」

「ありがとうございます！」

なんだろう。彼女の背後に、激しく振られる尻尾が見えたような気がした。

✖犯人は木島文雄

僕は涼子をその場に残し、『通過《スルー》』で男子トイレに移動する。

何食わぬ顔をしてトイレを出た途端、四時限終了のチャイムが鳴って、ザワザワと生徒たちの声が廊下に響き始めた。

教師たちが教室を後にすると、生徒たちが廊下へと溢れ出てくる。購買へパンを買いに行く者、トイレへ向かう者、お弁当を手にして中庭へと向かうカップル。静かだった校舎の中に一斉に音が溢れ出した。

「初ちゃん、平塚《ひらつか》くんと食べるんやったら、ウチは別に食べるで」

「いや、彼に尋ねたいことがあると言っていただろ？　丁度良いではないか、遠慮するな」

隣の教室から出て来た二人の女の子がお弁当を手に、僕の前を歩いている。

一人は良く知っている。一年生の時、同じクラスだった女の子だ。名前は田代初。

ちゃんと話をしたことはないけれど、当時、彼女はクラス委員で、誰に対しても分け隔てないその態度に、尊敬とか憧れに近い感情を覚えたものだ。

確か、彼女は僕と同じクラスの柔道部部長、平塚《ひらつか》くんと付き合っていると聞いたことがある。

もう一人の髪の短い女の子は良く知らない。なんとなく見覚えがあるような気もするけれど、考えてみれば隣のクラスだし、見かけたことぐらいはあって当然だろう。

だが、次の瞬間、その髪の短い女の子が発した一言に、僕は背筋に冷たいモノを投げ入れられたような気がした。

「聞きたいっちゅうても、真咲がおらんようになる前に、なんか変わったことあらへんかったかってことぐらいやけど」

(……真咲ちゃんのことを調べてるのか!?)

僕が思わず足を止めると、前を歩いていた、その髪の短い女の子が振り向いて、彼女の口が「あ」と小さく動いたような気がした。

だが、それとほぼ同時に、やけに能天気な声が響き渡る。

「ふーみん、見ーつけた！　もうお昼休みだよ、お弁当食べよー！　お弁当食べよー！」

僕の姿を見つけた藤原さんが、お弁当の入った巾着袋を手に駆け寄ってくる。そして、田代さんとその女の子は藤原さんとすれ違うように僕のクラス、その教室の中へと入っていった。

(気になるな……まあ、『部屋』のことがバレる可能性は万に一つもないけれど……)

「もー……ふーみん、四限の間ずっといないんだもん、心配しちゃったよ」

「大袈裟だなぁ、トイレに籠もってただけだから」

唇を尖らせる藤原さんに僕は思わず苦笑する。彼女はすぐにニッコリと笑って、僕の手を取った。

「じゃ、中庭行こうよ、中庭！　あーしらも、もう公認の恋人同士なんだしさ、めっちゃイチャイチャしよう！」

「どこの公認だよ……」

実際、良く晴れた日の昼休み。中庭はいちゃつくカップルの溜まり場になっている。ゆえに独り身の生徒は、中庭には一切近づかない……っていうか、近づけない。

「……まあ、いいけど」

「やったー！　んふふっ！　そうと決まれば急がなきゃ、ベンチ埋まっちゃう！」

藤原さんは、慌ただしく僕の手を取って駆け出そうとする。

どうやら彼女は、中庭でイチャつきながら昼食を摂ることに憧れていたらしい。

そして穏やかな昼休み、退屈な午後の授業が過ぎ去って放課後を迎える。

結局その日、校長室へと向かった立岡くんが、教室に戻ってくることはなかった。

×××

「……っちゅうわけや。白鳥、お前やったらなんかわかるんちゃうか、思うてな」

放課後、部室棟の裏。トレーニングウェアに着替え終わった途端、島先輩に連れ出された私——白鳥早紀《さき》は、あまりに馬鹿馬鹿しい話に呆れていた。

現在、この学校から二人も行方不明者が出ている。一人は学校一の有名人、有名ファッション誌の読者モデル、黒沢先輩。もう一人は、島先輩の友達らしい。

無駄に人づきあいの良いこの先輩は、彼女なりに心配して、友達のためにいろいろと情報を集めてきたということのようだ。

「じゃ、その木島って人でしょ、犯人」

彼女が集めてきた情報が正しければ、そうとしか考えようがない。

一人目が行方不明になる前にイジメてた相手が木島、その理由が、二人目にラブレターを出したからとなれば、まず疑われなければおかしい。

一人目が行方不明になったのは登校後すぐ。校門で守衛が目撃しているのに、教室に辿り着く前に行方不明になったという話も併せて考えれば、外部の人間が犯人の可能性も極めて薄い。

だが、島先輩は馬鹿馬鹿しいと言わんばかりに、手をひらひらさせた。

「んなわけあるかいな、木島にそんな根性あらへんて。それに黒沢って子が行方不明になった日は、アイツ、一限目からちゃんと授業受けとったらしいしな」

一応、アリバイを確認している辺り、島先輩も疑わなかったわけではないらしい。だが、それは犯人ではない証明にはならない。協力者に引き渡したのかもしれないし、自分が行動できるようになるまで、拘束してどこかに隠していたのかもしれない。

「ウチはアイツのこと、よう知っとる。気は小さいし、体力もないし、ひと一人攫って平然としてられるような度胸もあらへん。できるわけあらへんて」

肩を竦める島先輩を、私は呆れるような思いで眺める。

できる方法を思いついたとしたら？　そういう鬱屈《うっくつ》した人間ほど、手段を手に入れたら簡単にタガがはずれるものだ。手段云々に執着すれば、本質を見誤る。

人間の行動の底にあるのは、常に利益である。

人間の行動の一つ一つは、得られる見返りとリスクを比較して決定される。利益とは金銭だけの話ではない。恨みを晴らすというのも立派な利益なのだ。

自分を貶《おとし》めた女を攫って恨みを晴らし、自分が焦《こ》がれた女を攫って、自分のモノにする。二人を誘拐して一番利益があるのは誰だ？　木島しかいない。

もちろん、他に重大な情報が欠落していれば話は別だが、現時点の推測でいえば、誘拐犯は木島文雄で揺るがない。

だが、正直どうでもいい話。私には関係のない話だ。

私に接点のない人間の揉め事でしかない。

それを証明する義理もないし、その攫われた女の子たちを助け出すために、危険を冒す理由もない。私自身が関わり合いにならないように気をつけるだけ。それだけだ。

「そう思うんならそれでいいよ。でもまあ、島先輩も、あんまりその木島ってのに近づかないほうがいいね。君子危うきに近寄らずっていうでしょ？」

「近づくも何も……今はもう、なんの付き合いもあらへんよ」

✖ 審判の日 I

「黒沢ちゃん、もうスタンバってるデビよ」

学校から帰って、部屋に足を踏み入れるなり、リリがそう声をかけてきた。

「ああ、そうだろうね……。でも、行くのはもう少ししてからにするよ」

これが最後の夜になる。

彼女は、そう思っているはずだ。それなりに思うところもあるのだろう。

とはいえ、深夜十二時を回って、日付が変わってからが本当の勝負なのだ。

その時点で彼女がヘロヘロになっているようでは、上手くいくものも上手くいかなくなる。

だから時間調整のつもりで、僕は夕食後、久しぶりに居間で家族とテレビを見ながら寛《くつろ》いで風呂に入り、夜の十時を待って扉を開いた。

部屋の四隅には、ぼんやりと温かなオレンジ色の照明が灯っている。

もはや、彼女の待遇に落差をつけることに意味はない。

だから彼女がいる部屋は、これまでの何もない石造りの部屋ではなく、天蓋付きのベッドと間接照明をそのまま残しておいたのだ。

ベッドの上で女の子座りをして僕を待っていた黒沢さん。その姿を目にして僕は——ベタな表現ではあるけれど——思わず仰け反った。

彼女が纏《まと》っているのは、丈の短いピンク色のベビードール。

甘ロリというのだろうか、幼稚園児のスモッグみたいなシルエットで、シースルーの布地の下に透ける下着は、少し色の濃いピンクの、フリルをふんだんに用いた可愛らしいもの。

何よりドキッとさせられたのは、彼女の髪型がいつもと違うことだ。

下着と同じピンクのリボンで、髪を頭の左右で結わえたツインテールである。

年齢の割に大人っぽい黒沢さんの、どこか幼気《いたいけ》なその姿が意外なほどに可愛くて、正直僕はドギマギしてしまった。

「……ビックリした」

「似合ってない……かな？」

不安げな顔をする黒沢さんに、僕は慌ててブンブンと首を振る。

「逆だよ。可愛すぎて……ドキドキして、心臓がすげー痛い」

「えへへ……そっか、えへへ……良かったぁ」

ホッとしたような顔ではにかむ彼女の姿に、心臓が一段と高鳴った。

（ヤバい……マジでドキドキしてる）

「今日はアタシがぜーんぶしてあげる。フミくんは、ただ寝ててくれればいいから。ほら、服を脱いでこっち来て」

彼女は、ベッドの上をポンポンと叩いて僕を促す。

僕が下着だけになってベッドに横たわると、彼女は早速、僕のお腹の上に馬乗りになった。

「えっとね……フミくん。アタシやっぱり……純」

そこまで言いかけたところで、僕は腕を伸ばし、彼女の唇に指を当てる。

「今はまだ、月曜日。火曜日にはなってない」

「……そうだね」

彼女はどこか寂しげに微笑むと、僕の胸の上へと倒れ込んできた。

彼女は僕の胸板に鼻先を寄せ、熱い吐息と形のよい鼻梁に肌をくすぐられて、僕は思わずため息を吐いた。

なぜか、いつもより緊張してしまっている。

「お風呂に入ってきたんだね。石鹸の匂いがする」

胸板へ執拗に鼻先を押し付けていた彼女が甘く、そう囁《ささや》いた。

「美鈴に嫌われたくないからね」

「うふっ、でも……フミくんの匂いも好きなの。くんくん、はぁ……嗅いでるだけで、お腹の奥が疼くようになっちゃった」

甘ったるい吐息を吹きかけられる度に、肌の感度が増していくような気がする。

「アタシがいなくなったら、他の女の子とこんなことしちゃうのかな……それは、ちょっとジェラシーかも」

「いなくならない可能性だってある」

「…………」

彼女は返事をせずに、ぎゅっと僕の身体にしがみついた。

薄いベビードールに包まれた二つの肉丘が、僕のお腹の辺りに強く押し付けられる。

お腹に伝わってくる、ぷにぷにと柔らかな感触。この膨らみを手で揉みしだいた時の心地良さを、つい思い出してしまう。

彼女はそのまま、平たく圧《お》し潰された双丘で僕の肌を拭うように、ゆっくり身体を上のほうへと滑らせた。

ベビードール越しの柔らかな感触は、彼女の吐息に刺激された胸板に堪《たま》らなく心地良い。

「わがままなのは、わかってるんだけど……」

吐息混じりに声を上擦らせてそう囁《ささや》くと、黒沢さんが僕の首筋に唇を寄せる。「ぢゅっ」と大袈裟な音が響いて、彼女の唇が蛸の吸盤のように吸い付いた。

「美鈴……？」

戸惑う僕をよそに、黒沢さんは「ぢゅぅぅつぅぅぅ」と、たっぷり一分近くも強く吸い付き続ける。

やがて、ツインテールを掻き上げて、彼女は吐息を漏らしながら顔を上げた。

「……痕《あと》つけちゃった。キスマーク」

彼女が吸い付いていた場所が、ジンと熱を持っている。うっ血して痣《あざ》にでもなっていそうだ。

「これさ、シャツじゃ隠れない場所っぽいんだけど……」

「うん。フミくんが他の女の子とイチャイチャしても、アタシに何か言う資格なんてないんだけど……ちょっとした抵抗かな」

そう言って、彼女はぺろりと舌を出して、悪戯っぽく微笑んだ。

その後、彼女は気まぐれにあちらこちらへ、強いキスの雨を降らせ、ダメ押しとばかりに乳首に思いきり吸い付いてくる
「んっ、くすぐったい。やめてってば」

「えー、アタシのは、あんなに吸ったのにー」

他の部分とは違う感触に身じろぎすると、彼女は調子に乗って執拗に乳首へと吸い付いてきた。

乳輪をなぞるように隙間なく唇を押し付け、丸めた舌先でその中心部を執拗に舐め続ける。

いままで意識したことなどなかったけれど、乳首が硬く勃起する感触がはっきりとわかる。

とはいえ、さして感じるというわけではない。感じるというよりは、焦らされている感じ。その刺激のもどかしさに、僕は思わず身を捩《よじ》った。

「うふふ……フミくん、なんだか物ほしげな顔になってきてるよぉ」

唇の端から唾液を垂らしながら、彼女が悪戯っぽく微笑む。そして、唾液でべとべとになった乳輪を愛おしげに撫で上げた後、彼女はおもむろに僕の股間のほうへと手を伸ばした。

「はーい、ふみきゅん、ぬぎぬぎちまちょーね、あはは」

そう言いながら、彼女は僕の下着をズリ下げる。

（なんだろうな……）

真咲ちゃんに子供扱いされてもなんとも思わないのに、黒沢さんだとやけにイラっとするのは、嘗ての上から目線を思い出すからだろうか。

「うわー、フミきゅんのおち○ちん、おっきくなってまちゅねー」

だが、まあこんな場面で、不機嫌さを出さない程度には、僕も大人である。

僕がそんなことを考えているとは露知らず、黒沢さんは、僕のモノへと手を伸ばした。

力加減がよくわからないのか、膨れ上がった海綿体を潰すように強く握られて、僕は思わず眉根を寄せる。

「もうちょっと優しくお願い……デリケートなんだよ」

「あ、ごめん、痛かった？」

彼女は僕の股間に顔を寄せ、愛おしむように亀頭に口づけしながら撫でまわしたかと思うと、真っ直ぐにそそり立つ幹を、息をつく間もない速さでシゴキはじめた。

「ちょ、ちょっと！　いきなり激しいってば、もうちょっとゆっくり！」

「えー、やめてって言っても、フミくんだってやめてくれなかったじゃん。大丈夫、すぐに気持ち良くしてあげるから」

ただ乱暴に擦り上げるだけかと思ったら、彼女の手の動きが変化し始めた。

僕の反応を見ながらふり幅を長くしたり、短くしたり、人差し指と親指で作ったリングで雁首を強く擦ったり、同時に他の三本の指を立てて、裏筋をひっかくように刺激したり。

凡《おおよ》そ素人とは思えない。上下の単純な摩擦だけでは感じられないような複雑な刺激が、僕のモノに襲いかかってくる。恐ろしく絶妙な手つきである。

「ちょっ、み、美鈴、どこでそんなテクを!?」

「えへへ……フミくんを気持ち良くさせてあげたいって言ったら、フリージアさんがいーっぱい教えてくれたの。どう？　特訓の成果出てる？」

「と、特訓!?」

「うん、魚肉ソーセージ百本はしごいたもん。我慢しないで、びゅるびゅる出していいよ。ね？　アタシの手、気持ちいいでしょ？」

まさかの上位淫魔《エルダーサキュバス》直伝の手コキテク。

（アイツの従者は、余計なことしかしねーな!?）

黒沢さんは、驚愕する僕を見下ろしたまま、休みなく手を動かし続ける。あまりにも貪欲な右手の奉仕。歯を食いしばっても耐えられない。絶頂の予感が僕に襲いかかってきた。

「み、美鈴！　ダメ、ダメだって！　イクっ、イっちゃうからっ！」

「えへへ、イっちゃえ♡」

「くっ！」

僕が思わず顔を顰めたその瞬間、彼女の手にしっかりと握り締められた亀頭が、一回り大きく膨らんだ。

途端に——

びゅっ！　びゅるるるるっ！

鈴口から熱い白濁液が迸《ほとばし》って、僕のモノを握ったままの彼女の手をドロドロに汚していく。

「あはっ、いっぱい出たぁ！　うわー、ドロドロだよぉ……」

黒沢さんは、僕のモノを握ったままの指をゆっくりと開閉し、糸を引く白濁の感触を楽しんでいる。その表情はごちそうを前に、お預けを喰らっている犬のよう。唇の端から涎《よだれ》が垂れ、漏れる吐息の熱さも増してきているように見えた。

「はぁ……美鈴、ちょ、ちょっと休憩……させて」

射精直後の軽い倦怠感の中、僕は明らかに興奮している黒沢さんの姿にちょっと怯える。主導権を握られっぱなし。流石にクールダウンしないとマズい。

だが、黒沢さんは息絶えだえの僕を見下ろして、にっこりと微笑んだ。

「だーめっ」

彼女は精液塗れの手で、再び僕のモノを上下に擦り始め、にっちゃにっちゃと粘度の高い水音を響かせ始める。

「ちょ、ちょっと！　ダ、ダメだってば、い、今、イったばかりだからっ！」

慌てる僕を楽しげな顔で眺めながら、亀頭から根元まで、竿全体をしごく大きなストローク。絶頂直後の敏感になった肉棒をさらに激しく刺激され、僕は思わず声を上げた。

「大丈夫、大丈夫。フリージアさんも言ってたよ。『殿方は一度出してからが本番です』って」

（ほんと、アイツの従者、ロクでもねぇな!?）

もはや、強制再起動である。

気持ち良いというより刺激が強すぎて痛い。ジンジンと竿全体が痺れて、下腹が押さえ込まれるような息苦しさも感じる。

だが、黒沢さんの手の動きは激しくなる一方。そこまでくれば気持ち良いかどうかなど関係ない。お構いなしに、ペニスは勝手に勃起した。

「わーい、おち〇ちん、カッチカチだー！　今日は徹底的に搾り取ってあげるんだから」

そうしている間にも荒々しくしごかれた剛直、その鈴口は、尿道に残っていた残滓や、新たにこみ上げてきたカウパーを滴らせ始める。

「出して！　出して！　空になるまで射精して！　アタシがいなくなっても、アタシのこと忘れられないよーに！　おち〇ちんで覚えてて！」

（どんなわがままだよ！）

僕が胸の内でそうツッコむのとほぼ同時に、既にドロドロの肉棒、その先端を黒沢さんがパクリと咥えた。しかも手の動きは止めない。激しくしごき上げながら、ぬるりと濡れた舌が亀頭を嘗め回し、唇で雁首の真下を締め上げられる。

「うっ、ううっ……！」

僕は思わず呻いた。いやらし過ぎる。こんなの耐えられるはずがない。

情欲に火の付いた黒沢さんは、時折、ずぞぞと吸い上げながら潤んだ瞳を細めて、熱心に舌を動かした。

「しぇいえきのあじぃ……おいしぃ……おいしぃよぉ……はぁん……」

顔を上げてそう呟いた彼女の目つきは、とろんと蕩けている。

考えてみれば最初の調教で、彼女に精液をおいしいモノと認識させたのは、誰でもなく僕自身なのだ。とはいえ、まさか自分がこういう形で追い込まれることになろうとは、想像もしていなかった。

「らふぇー、らふぇー、ふぇーひ、らふぇー」

亀頭を咥えながら、彼女は早く射精しろと訴えてくる。手の動きは相変わらず。彼女がもどかしげに首を左右に振るとツインテールが激しく揺れた。

くちゅくちゅと艶《なま》めかしい水音と共に、熱い口内で肉棒を熱心に舐め上げられる。さっき出した精液が舐めとられ、それがとろみのある唾液に置き換わっていく。

「ふぇーへひ、らひて！　ふぇーへひぃ！」

彼女ははしたない声を上げながら、丸めた舌先で鈴口を執拗に突いてくる。切れ目を広げるようにぐいぐい押されると、ビックリするぐらいの刺激が背筋を駆け抜けた。

「ろぴゅ、ろぴゅっへ、らひて！　ふぇーへひぃ！」

もう我慢なんてできない。

「イクッ！」

びゅっ！　びゅるるるるっ！

「むぐっ!?　んむぅううう！　ひゃう、ふぇーへひ、ふみひゅんのふぇーへひ、おくひにれへる。んごっ、じゅるっ、ちゅううう！」

絶頂と共に、彼女の喉奥を乱暴に打ち叩く力強い射精。その勢いに軽く咽《むせ》て、涙を滲ませながらも、黒沢さんは決して唇を緩めることなく、白濁を口内に溜めていく。

そして、僕がひとしきり射精し終わると、彼女は僕に見せつけるように喉を鳴らし、それを呑み込んでいった。

「ぷはぁ……すっごぃ濃いよぉ。ドロドロで噛めちゃうぐらい。おいしぃよぉ……もう、これだけ飲んで生きていきたいぐらいだよぉ」

よく考えてみたら、最初の調教以来、黒沢さんに口でご奉仕させたりしていない。まさか、ここまでの精液ジャンキーになっているとは、想像もしていなかった。

「ぷはぁ、ごちそうさまぁ……。お掃除もしないとね。残ってたら勿体ないし、ちゅぱっ、じゅるるる、れろぉ……」

汗ばむ額に張り付いた髪、それを払う間も惜しむように黒沢さんは夢中で屹立をしゃぶり続ける。彼女は一滴たりとも無駄にしたくないと言わんばかりに、細く丸めた舌先を鈴口に密着させて強く吸った。

「ぷはぁ……おいしかったぁ。今ならフリージアさんが精液の匂いを嗅ぎながら、トコロテンを啜《すす》るのが好きって言ってた気持ちが、わかるような気がする」

「……それ、わかっちゃダメなやつだから」

「えへへ……でも、フミくんってタフだよね。イったばっかりなのに……またこんなにガチガチになってる」

「そりゃあ……まあ、あんなに吸い上げられたらね」

そうなのだ。お掃除フェラで、僕のモノは既に復活を果たしていた。もちろん、魔界の栄養ドリンクのお陰。ドーピングなしじゃ今頃、ヘロヘロになっていたに違いない。

「じゃあ、一緒に気持ち良くなろうよ……」

黒沢さんは僕の腰に跨がると、M字の形にはしたなく足を開きながら、ゆっくりと腰を落としていく。

今の今まで気づかなかったけれど、ベビードールの布地に透ける下着、その股間の部分には、最初から切れ込みが入っていた。

黒沢さんが指で布地を押し開くと、切れ目の間からぱっくりと彼女のアソコが露出する。そして彼女は、もう片方の手で僕のモノを掴んで膣口に宛がった。

ガチガチに張り詰めた亀頭が、温かく潤んだ肉穴にじゅぶっと音を立てて、呑み込まれていく。

「うっ……」

「んぁっはぁっ！　フミくんのおち○ちん……んっ、んふぅ……きて、るぅぅ……はぁ、あんっ、あはぁ……」

黒沢さんはふるふると震えながら、ゆっくりと腰を下ろしていく。じれったい。敏感な亀頭がねっとりとした襞《ひだ》の間に、徐々に埋まっていく。その刺激に思わず腰が浮き上がる。そして僕のモノは、完全に黒沢さんの内側に収まった。

「んはぁっ、はぁ、はぁ……アタシのアソコ、フミくんのおち○ちんの形になっちゃってるのわかるぅ。このズルって入ってくるの好き。膣内《なか》でピクピクしてる感じも好きなのぉ……」

彼女はうっとりとした表情で、そう呟く。

自分から卑猥なことをするという状況に興奮しているのか、彼女の膣内《なか》は小刻みに痙攣《けいれん》して、奥へ奥へと僕のモノを導くようにうねっている。

「じゃあ……気持ち良くなろーね」

興奮を抑えきれない様子の彼女は、ゆっくりと腰をくねらせ始める。

いやらしいベリーダンスのような腰の動き。それに連動するかのように、膣内が絶妙に僕のモノを締つけてくる。

「んっ、ん、あっ、あっ、あっ、ふっ……うごいちゃ、はぁ、ダメだからね。んっ、んんっ、アタシが気持ち、あん、良くしてあげるんだからっ、んぁっ……」

次第に激しさを増す腰の動き。ツインテールを振り乱して、悶え喘ぐ声。軽く頭を上げて彼女の股間を覗き込めば、下着のいやらしい裂け目の間に、黒沢さんの濡れに濡れた膣襞《ちつひだ》が、僕のモノを咥え込んでいるのが見えた。

下着を穿いたまま……というのが、無茶苦茶いやらしい。

よく見れば、ブラの先端にも切れ目が入っている。シースルーのベビードール越し、ブラの先端を割って、彼女の乳首がビンビンに勃起しているのが見えた。

「んはぁ……あ、あ、あ……きもち……いいよぉ」

腰の動きが緩やかになったかと思うと、彼女は唇をわずかに開き、その端から涎《よだれ》を垂らしながら、うっとりと天井を仰いでいる。

わずかな休憩の後、黒沢さんは再び、尻たぶを弾ませるようにして身体を揺さぶりだした。

ぐちゅっ、ぐちゅっ、ぬちゅっ、ずちゅっ！　と、卑猥な水音が響き渡り、彼女の膣が僕のモノを貪欲に貪っている。

襞《ひだ》の一枚一枚が狂おしく蠢《うごめ》く肉壺。その中を彼女の腰使いに合わせて、僕のモノが激しく往復し、結合部では二人の体液が泡となって陰毛に絡みついていた。

「あん、いぃん、あひっ、気持ちぃぃよぉ、気持ちいぃ！」

彼女の卑猥なM字のシルエットに興奮する。淫らな下着姿と幼げなツインテールがそれに拍車をかける。堪《たま》らない。気持ち良すぎる。

お尻をしっかり落とした状態で、彼女が腰を回すように動かすと、子宮口に亀頭がぐりぐりと遠慮なく擦りつけられて、僕は根元にこみ上げてきた熱いモノが、じわじわと尿道を昇ってきつつあることを自覚した。

もう長くは耐えられない。思わず眉根を寄せると、彼女の中で僕のモノがビクンと跳ねた。

途端に、黒沢さんは嬉しそうに破顔する。

「あはっ！　イきそう？　いいよ、いっぱいちょうだい！　出して！　出して！　アタシにいーっぱい注ぎ込んで！」

途端に膣圧が強くなった。その息苦しいまでの締め付けは蕩け切った肉棒には致命的な刺激。

黒沢さんは、ツインテールを振り乱しながら、腰使いにスパートをかける。

腰の動きに合わせて、卑猥な下着に包まれた双丘が、シースルーの布地の向こう側でたぷんたぷんと揺れ、ブラの裂け目から覗く桃色の突起は、彼女の感情の高ぶりそのままに、ツンと硬く尖っている。

まさに目の毒。目の前の刺激的な光景に、熱い蜜壺にしごき上げられた僕のモノは、強烈な締め付けを押し返すほどの勢いで膨らみ始めた。

「んぁっ、ま、また大きくなってるぅ、あんっ、あぁっ……」

「くっ……まだ！」

もっとこの快感を味わっていたい。僕が我慢しようと反射的に腰を浮かせたその瞬間——。

黒沢さんがズンッと強く腰を下ろし、僕のモノが子宮を貫くような勢いで膣奥へと衝突する。

「うぁっ！」

あまりの刺激に、一瞬意識が飛ぶ。その瞬間、括約筋の力が抜けて、瀬戸際で抑え込んでいた熱い欲望が、怒涛の勢いで尿道を駆け上がった。

びゅくっ！　どぷどぷどぷっ！　びゅるるるっ！

膣口から洩れ響く盛大な射精音。白濁が黒沢さんのくびれた美しいウエストの中央、彼女の胎内へと流れ込んでいく。

「ひやぁっ、あつぃ、あちゅい！　あ、あっ、あぁぁぁぁぁああああ!?」

黒沢さんは、だらしなく涎《よだれ》を垂らした蕩け顔で絶頂の叫びを上げ、彼女の肉壺は、入口から奥に向かって肉棒を絞るように、ぎゅっぎゅっと締まり続けている。

一滴も残してやらない。そんな意志を感じさせる膣内の動きに抗うことなどできるはずもなく、僕はただぐったりとしたまま、長い吐精を続けた。

結合部のわずかな隙間から、ゴボゴボと精液が溢れ出てくる頃、黒沢さんは僕のモノを咥え込んだまま、胸の上へと倒れこんでくる。

「はぁ……はぁ……気持ち良くできたか……な？」

「ああ、美鈴がすごくエッチな子だって、よくわかったよ」

「誰のせいだと思ってんのよぉ……」

そう言って、彼女は僕の顔を両手でぎゅっと挟みこんだ。

その瞬間、レベルアップの電子音が響き渡る。

もちろん黒沢さんには聞こえていない。

審判の日Ⅱ

「黒沢美鈴の状態が『従属』へと変化しました。それに伴い、以下の機能をご利用いただけます」

「・裏口《バックドア》——隷属状態一名につき一つ、部屋へ通じる裏口を設置することができます。裏口はどこにでも設置できますが、一度設置した裏口を移動させることはできません」

はぁはぁと、二人の乱れた呼吸が、静かな部屋の中へと降り積もる。

（……これでお膳立ては済んだ）

僕が胸の内でそう呟くのと同時に、黒沢さんの背後、天井近くの宙空にリリが姿を現した。

彼女は無言のままにグッと親指を立てると、ウインクを一つして再び姿を消す。

遂にこの日が来た。

審判の日が、遂に来たのだ。

「美鈴……火曜日になったみたいだね」

僕がそう囁《ささや》きかけると、彼女は泣き出しそうな顔をして項垂れる。

「あのね……フミくんのことは大好き、でもね……アタシはやっぱり……」

僕は、そこで彼女の言葉を遮った。

「待って。続きは隣の部屋で聞くから」

「隣の部屋？」

彼女は、怪訝《けげん》そうに首を傾げた。

それはそうだろう。ここにあるのは外へと続く扉が一つだけ。今まで隣に部屋があるなんて、考えもしなかったはずだ。

「ちょっと、どいてくれる？」

「え……うん」

僕と黒沢さんは、未だに繋がったまま。彼女は下唇に歯を立てて、わずかに眉根を寄せる。

「あっ……んっ……」

ツインテールを揺らして、彼女がゆっくり腰を浮かせると、僕のモノが抜け落ちて、ボトボトっと彼女の股間から精液が零れ落ちた。

僕は、腹の上に滴り落ちた精液をシーツでひと拭《ぬぐ》いすると、ベッドを降りて壁のほうへと歩み寄る。

「接続《コネクト》」

僕が機能を発動させると、壁面に新たな扉が現れた。

簡素な鉄の扉。なるほど、扉のデザインも部屋に合わせて変わるらしい。ちょっと感心した。

僕は振り返って、ベッドの上で膝立ちのまま、困惑の表情を浮かべている黒沢さんを促す。

「おいで、美鈴」

「う……うん」

彼女は恐る恐るといった様子。それでも言われるがままに、僕の後について新たに出現した部屋へと足を踏み入れる。そして、彼女が部屋に入り切ったのを確認し、僕は『接続《コネクト》』を解除した。

「ひっ⁉」

扉が消え去り、隣の部屋の灯りが届かなくなると、黒沢さんは怯えるような声を漏らす。

「フ、フミくん。真っ暗！　怖いよぉ！」

僕の二の腕に、彼女の柔らかな胸が当たる。身体の震えが伝わってきた。

随分長く暗いところに閉じ込められていたはずなのに、怖いものはやはり怖いらしい。

「大丈夫、ほら」

僕がそう口にすると、唐突にいくつもの灯りが点灯する。

最初にピンスポットの照明が照らし出したのは、部屋の一番奥に設置された豪奢な一人がけの椅子。続いて、壁面下部に埋め込まれた緑のランプが次々と点灯し始め、鋲打ちの鉄板で覆われた床と壁を緑色に染め上げた。

装飾物といえば、椅子の背後に緑色無地のタペストリーが、一枚垂れ下がっているだけ。

簡素にして異様。これが、リリ曰くの『悪の秘密結社の総帥の部屋』である。

「なんだか……」

部屋の中を見回しながら、黒沢さんは声を震わせた。

「趣味悪い部屋」

(なんでやー！　かっこええじゃろがい！)

どうやら女の子には、この格好良さがわからないらしい。

言うなれば、これは男のロマンである。確かに完璧とは言い難い。断念した部分もある。

足下にドライアイスでスモークを焚けないものかと、いろいろ試してみたのだけれど、スモークマシーンは家具にカウントされないらしく『家具設置』では設置できなかった。仕方なく、たらいにドライアイスを入れて四隅に設置してみたら、スモークの揺らぎの間に、ちらちらと金だらいが垣間見えて、ものすごく萎《な》えた。

スモークこそ諦めはしたが、それでも男の子の大好きな『玉座の間《ファンタジー》』と『格納庫《ＳＦ》』の要素を組み合わせた、いわば僕の最高傑作である。

「コホン……あそこ見て」

僕は一つ咳払いをすると、向かって左手の隅を指さす。

そして、その指し示す先に目を向けた途端、黒沢さんは「はっ」と、息を呑んだ。

「ま……真咲!?」

そう、そこに横たわっていたのは、全裸の真咲ちゃん。

彼女は、昨日眠りについたままの状態で、魂をピン止めされていた。

黒沢さんは慌てて駆け寄ると、彼女を助け起こす。

「真咲っ！　真咲っ！　しっかりして！　目を開けて！」

「心配しなくていいよ。命に別状はない。意識を失っているだけだから」

背後からそう声をかけると、黒沢さんはキッ！　と、僕を睨《にら》みつけた。

「どういうこと！　なんで、真咲がこんなところにいるのよ！」

ほぼ予測どおりの反応だ。

僕は事前に練習しておいた、悪人ぶった口調に切り替える。もちろん素人演技、芝居がかってしまうのは仕方がない。だが、ここが正念場だ。押し通さなければならない。

「監禁されているのが、自分だけだとでも思ってたのか？　一緒だよ。黒沢美鈴。おまえと一緒だ。羽田真咲も、ずっとこの部屋に閉じ込められていたのさ」

「まさか……真咲も抱いたの？」

「ああ、彼女は確かに処女だったよ」

「……最っ低！」

「ははは……僕にとっては、誉め言葉だね」

黒沢さんは髪を結わえていたリボンをほどくと、丸めて床に叩きつけた。

僕は密かに耳を澄ます。電子音は聞こえてこない。ここまで反発させれば、レベルダウンもあり得るかと思ったのだけれど、そう簡単に落ちるものでもないらしい。

僕は、睨みつけてくる黒沢さんに、あらためて微笑みかける。

「だけど、僕はウソはつかない。美鈴に選ばせてあげるよ。このままここに残るか、愛する粕谷くんのところへ帰るのか」

「そんなの決まってるじゃない！　帰るわよ！」

「じゃあ、真咲は一生、僕の性奴隷だね」

途端に、黒沢さんは目を丸くする。

「何……それ」

「僕は寂しがり屋だからね。愛する女の子を、二人も同時に失うのは耐えられないよ。美鈴が帰るなら、真咲は帰さない。美鈴には二度と手を出さない代わりに、真咲は性奴隷として一生僕に尽くしてもらうことになる」

「こ、ここを出たらすぐに警察に――」

「どうぞご自由に、できるならね」

僕が鼻先で嗤《わら》うと、彼女は表情に怯えの色を滲ませる。僕の自信満々な態度に、それが不可能であることを感じ取ったのだろう。

「……卑怯者っ」

「だから、それも誉め言葉だってば、僕は悪人なんだから」

ぎりりと奥歯を噛み締める音が聞こえる。黒沢さんの握った拳がぷるぷると震えていた。

従属状態だから、流石に殴りかかってこないとは思うけれど、黒沢さんの目つきが僕を取り囲んだ時の、あの目付きに戻っている。正直、怖い。だが、目を逸らすわけにはいかない。

「じゃあ、帰る準備を始めようか。その恰好で放りだすのは流石に気が引けるからね。ここへ来た時の制服と荷物は用意してある。あとは僕のことも、真咲がここにいることも忘れて、元の生活に戻ればいい」

すると黒沢さんはガクリと項垂れ、喉の奥から絞り出すような声で、こう尋ねてきた。

「アタシが……ここに残れば、真咲は帰してくれるんだよ……ね？」

僕は、奥の椅子のほうへと歩みを進めながら、その問いかけに応じる。

「残るだけじゃダメだな。真咲ちゃんを見届け人として僕に絶対の服従を誓ってもらう。僕のことを愛し、粕谷くんのことは諦めると宣誓して、性奴隷になると誓ってもらう。そして……」

椅子の上に腰を落とし、僕は、サイドテーブルの上から栄養剤のタブレットを一つ手に取って、こう言い放った。

「この排卵誘発剤を使って、今日！　ここで！　僕の子を孕んでもらう！」

「ッ……」

黒沢さんの息を呑む音が消え去ると、痛いほどの静寂が部屋の中に舞い降りる。

長い、長い、沈黙。

やがて、それを破ったのは黒沢さんの嗚咽だった。

「うぅっ、残るよ、アタシが……ぐすっ、残るから……ぐすっ、お願い、真咲を帰してあげて」

鉄の床に、ポタリと涙の雫が落ちる。

彼女はベビードールの裾をぎゅっと掴んだまま、小刻みに肩を震わせた。

僕は、胸の内で安堵の吐息を漏らす。

全ては目論見通り。だが、やはり女の子を泣かせるのは胸が痛んだ。

僕はもう、黒沢さんのことも真咲ちゃんのことも恨んではいない。それどころか、愛してしまっているのだ。

ここで、彼女が残ることを選択するかどうかは賭けだった。だが、親友とまで呼んだ子を、自分が守らなくちゃとまで言っていた子を、見捨てるような女なら、何も未練はない。

そうではないと知っているからこそ、愛しているのだ。

僕は二人を絶対離したくないと、そう思っている。だからこそ僕は、どんな汚い手を使ってでも、彼女たちを隷属状態にまで堕としたいのだ。絶対に僕を裏切れないように。

ここまでは筋書の通り。あとは最後の仕上げを残すのみだ。

黒沢さんに奉仕させながら、『粕谷くんのことを完全に諦める。性奴隷になる。僕の子を孕む』と宣言させる。そして、真咲ちゃんにそうしたように、栄養剤を排卵誘発剤だと偽って、子供を孕んだと思わせる。

粕谷くんのことを完全に諦めさせるのだ。

仮説でしかないけれど、彼のところへ戻ることを完全に諦めさせることで、隷属状態に持ち込めるのではないかと、僕はそう考えている。

だが、真咲ちゃんがそれを目撃すれば、どうなるだろう？

黒沢さんが真咲ちゃんを救うつもりでとったその行動は、皮肉にも真咲ちゃんにとどめを刺すことになる。

自分の結婚相手。お腹の赤ちゃんの父親。初めての恋人。そう思っていた男を親友が奪い取り、自分の目の前で自ら子を孕むのだ。

ずっと負け続けてきた相手。コンプレックスを抱え続けてきた相手。真咲ちゃんは、ここでもまた、黒沢美鈴に敗北することになる。

彼女の心はズタズタに傷つくことだろう。心を粉々に砕いて、深く深く傷を付けて、無慈悲にもここから放り出す。

彼女はどこまで墜ちるだろう。それはわからない。そして、どん底にまで堕ちきったところで、あらためて僕が救いの手を差し伸べるのだ。

まあ、隷属状態に堕ちる条件がはっきりしているわけではないので、これも上手くいくかどうかは分からない。だが、やるしかない。

「こっちへこい、美鈴……」

「……はい」

僕は涙を流す黒沢さんの手を取って、膝の上に坐らせる。そして、真咲ちゃんのほうへと目を向けた黒沢さんには見えていないが、真咲ちゃんの傍には、リリがニヤニヤしながら浮かんでいる。僕が目配せすると、彼女は真咲ちゃんの魂からピンを引き抜いた。

×××

「う……うぅん……」

ベッドで寝ていたはずなのに、目を覚ますと冷たい床の上。

わたしは寝ぼけ眼のままに、手探りで隣に寝ていたはずの彼の感触を探す。

「んんっ……文雄くん？　あれぇ……ねぇ、文雄くぅん、どこぉ」

見当たらない。

わたしは目を擦りながら身を起こし、周囲を見回す。そして、そのまま硬直した。

緑色のランプが床を照らす怪しい部屋の奥。そこにピンスポットの照明の下、豪華な椅子に腰かける文雄くんの姿がある。

だが、そこにいたのは彼だけではなかった。

彼の膝の上に横座りに腰を下ろし、舌を絡め合うようないやらしい口づけを交わす女の子の姿。男を誘惑する以外に用途の見当たらない、シースルーのベビードールを身に着けた破廉恥な女の子の姿があった。

「美鈴……ちゃん？」

見間違えるはずもない。彼女は、幼い頃から共に育ってきた大親友なのだ。

わたしの声が聞こえたのか、美鈴ちゃんはピクリと身体を跳ねさせ、唇を離して振り返る。

「はぁ、はぁ……真咲ぃ、心配しないでぇ。アタシが必ず帰らせてあげるからぁ」

快楽に蕩けた表情。涙を流しながら、口元を濡らしたいやらしい顔。嫌悪感しか感じない。

(いやらしい下着……まさか、文雄くんをそんなので誘惑したの！)

「美鈴……真咲ちゃんも目を覚ましたことだし、そろそろ宣誓してもらおうか。教えた通り、言えるな？」

文雄くんが、美鈴ちゃんの胸を揉みしだきながら、そう促す。すると彼女は、目を伏せてごくりと喉を鳴らした。

「はぁ、あん……アタシ……黒沢美鈴は……木島文雄さまを心から愛し、性奴隷として生涯尽くし続けることを、あんっ……誓いますぅ。粕谷純一くんのことは諦め……、あきら……め、やん、ダメだってばぁ、文雄さまを生涯、愛し続けることを……誓いますぅ。その証拠にぃ……いまからぁ文雄さまに孕ませていただき……ますぅ」

見てみれば、彼女の指先に摘まれているのは、あのおくすり。

(何言ってんの！　美鈴ちゃん！　文雄くんはわたしの旦那さま、お腹の赤ちゃんのパパなんだよ！　やめて、文雄くんを取らないで！)

親友が自分の彼氏を寝取ろうとしている。成り行きで恋人同士になったとはいえ、幾度となく身体を重ねてきた彼氏が、他の女の胸を揉みしだいている。

(苦しいよぉ、やめてよぉ、そんなの見せないで！　美鈴ちゃん、なんでそんな意地悪するのよぉ！)

胸の奥が張り裂けそうになっている。苦しい。心臓に何かが刺さっているみたいに、ズキズキと痛む。心がピシピシと音を立てて、ひび割れていく。その心のひび割れから、ドス黒い感情が漏れ出してくるのを感じた。

「よし、良いだろう。望み通りに孕ませてやる。まずは口で奉仕してもらおうか」

（やめて、やめてよぉ、文雄くんも騙《だま》されないで！　そんなの見せないで！　イヤ！　イヤッ！　ねぇ、お願い！　そんな女、抱いちゃやだよぉ！）

　ぼろぼろと涙を零しながら、美鈴ちゃんが文雄くんの股の間に跪《ひざまず》く。

「うぅ……ぐすっ……」

（見たくないよ！　やめて、美鈴ちゃん！　そうやって、またわたしから大事なものを取っちゃうんだ！　酷いよ！　酷いよぉ……！）

　心が悲鳴を上げている。胸の奥がギシギシと軋んでいた。

（文雄くんはわたしの旦那さまになる人なのに、おなかの赤ちゃんのパパなのに！　なんで奪おうとするの！　文雄くんは、わたしのほうが良いって言ってくれたんだよ！）

　その瞬間、胸の奥で、何か大切な物が粉々に砕け散る。

（あー！　もう！　死ねよ、泥棒猫！）

　そう思った時にはもう、わたしは駆け出していた。

✖ 審判の日Ⅲ

一瞬、何が起こったのか、僕にもわからなかった。

黒沢さんの宣誓に満足して、僕は真咲ちゃんのその表情に、彼女の心は完全に砕け散ったのだと……そう判断した。

そして、黒沢さんが悔し涙で頬を濡らしながら、僕の股間に跪《ひざまず》くのを、気持ちを昂《たかぶ》らせながら眺めていたのだ。

だが、黒沢さんが僕のモノを口に含もうと、指先で摘まんだその瞬間、予想もしないことが起こった。

真咲ちゃんが、黒沢さん目がけて突っ込んできたのだ。

思わず目を丸くする僕の視界の中で、真咲ちゃんは黒沢さんの身体を力任せに払いのける。

「きゃっ！」

驚愕の表情を浮かべて、床の上を転がる黒沢さん。

「なっ!?」

僕が声を漏らした時には既に、真咲ちゃんが僕のモノを握り締めていた。

「ま、真咲ちゃん、な、何を!?」

彼女は返事をしない。

だが次の瞬間、彼女はいきなり僕のモノにしゃぶりついた。

「ぐぼっ！　ぐぼっ、ごぼっ、ぢゅるるるるっ！　ごぼっ、じゅるるるるるっ！」

まるで、獲物に襲いかかる肉食獣のような挙動。えづきながらも彼女は僕のモノを根元まで一気に呑み込んだかと思うと、恐ろしい勢いで啜り始めたのだ。

信じられなかった。

あの大人しくて、控えめな真咲ちゃんがこんな行動をとるなんて、想像もしていなかった。

そもそも、清楚な真咲ちゃんに遠慮して、これまで一度たりとも彼女に口で奉仕させたりはしていないのに。

藤原さんの、あの口技以上の強烈な刺激。吸い千切られそうなほどのバキューム。

「うっ、あっ、くあっ……」

強すぎる快感は痛みに酷似している。僕は情けなく身を捩《よじ》った。

そして彼女の、そのなりふり構わぬしゃぶり方に翻弄されるがごとくに、一気に根元から精子が昇ってくる。

「やばい、でるっ、でるっ！　お、くぉ……！」

びゅるっ！　びゅるるる！　びゅるるるるっ！

「んぶっ!?」

真咲ちゃんの口の中は瞬時に精子で一杯。収まりきらなかった精子が鼻から漏れ出して、可愛い顔の真ん中で、滑稽な鼻提灯が膨らむ。

だが、それでも彼女は、僕のモノを離そうとしなかった。

尚も構わず、一心不乱に吸い上げ続け、睾丸の中にすら一滴も残さぬとばかりに、ひたすら啜り上げ続けた。

「うっ、うぉおっ……」

「ま、真咲……な、なんで」

僕の呻きも、呆然とする黒沢さんの呟きも、ずぞぞぞというバキューム音に掻き消される。

やがて、もう何も出ないと判断したのか、真咲ちゃんは顔を上げると、ネバネバの精液を舌の上で転がしながら、まるで家畜が浅ましく主人に媚びるかのように、大きく口を開けて僕に見せつけてきた。

「んぁぁ……」

指で口を左右に大きく引き伸ばしながら、たっぷりと口の中に含んだ白濁液を披露して、彼女はにっこりと微笑む。

『どう？　わたしの口は最高でしょ？』と、言わんばかりの勝ち誇った表情。

そこにはもはや、負の感情は見当たらない。

ライバルを蹴落として、精子を出させた。あの黒沢美鈴から男を奪い取ってやったのだと、彼女はゾクゾクと背筋を走る快感に身を震わせていた。

天使のような少女が、野生のメスの本性に呑み込まれたのだ。

彼女はごくりと精液を飲みくだすと、立ち上がって、黒沢さんのほうへと歩み寄っていく。

座り込んだまま呆然と見上げる黒沢さんに顔を突きつけると、真咲ちゃんはにんまりと笑った。そして、
彼女の手から栄養剤を奪い取って、床の上へと投げ捨てる。

「ま、真咲……そいつは、真咲のことを騙《だま》して、性奴隷にしようとして……」

ハタと我に返った黒沢さんが、そう訴えかけると真咲ちゃんは、凍てつくような目をして、こう吐き捨てた。

「うるさい、泥棒猫。死んじゃえ」

「え？　ま……まさ……き？」

愕然と目を見開く黒沢さんに背を向けて、僕の前まで来ると、真咲ちゃんは媚びるような微笑みを浮かべる。

「文雄くぅん……あんな女に騙されちゃダメなんだからぁ」

そして、呆然とする僕を尻目に、彼女は僕の腰に跨がって、自らの膣の中に、僕のモノを呑み込み始めた。

「んっ……あっ、あん、あん、あんっ……」

自ら腰を振り始める彼女に、呆然とする僕。その目の前、宙空に、リリが腹を抱えて笑いながら姿を現す。

「あはは！　最高デビ！　やっぱりこうなったデビ。フミフミは女の子を甘く見すぎなんデビよ。追い込まれれば、女の子だって牙を剥くんデビよ！」

「こうなるって……わかってたの？」

「デビ、フミフミのやり方じゃ、黒沢ちゃんは隷属に到らないし、おっぱいちゃんは捨てられない。見え見えの失敗。予想通りの大失敗デビ」

「じゃあ、止めてくれてもいいじゃないか……」

僕が思わず呻くと、真咲ちゃんが激しく腰を振りながら、僕のほうを振り返った。

「ん、あぁっ、あん、文雄くぅん、誰とお話ししてるのぉ、気持ち良くなぁい？　あん、あ……」

「き、気持ち良いよ、真咲ちゃん」

「で、でも、ごめん、んっ、なさい、わたし、興奮し、すぎちゃって……あぁん、先にイっちゃいそう、イっ……！」

途端に真咲ちゃんが、身体をガクガクと震わせ始めた。

その様子をにんまりした顔で眺めながら、リリは僕の耳元でこう囁《ささや》く。

「なんで止めなかったって？　経験は大事デビ。それに……失敗したからといって、結果が全部悪いわけじゃないデビよ、ほら……」

その瞬間、リリの囁《ささや》きを掻き消すように、真咲ちゃんが絶叫した。

「イクっ、イクっ！　イクぅぅぅぅぅぅぅうううう！」

彼女がガクガクと身を震わせ、僕の胸へとしなだれかかってくるのとほぼ同時に――

部屋の中に、レベルアップを告げる電子音が鳴り響いた。


「羽田真咲の状態が『隷属』へと変化しました。それに伴い、以下の機能をご利用いただけます」

「・衣裳部屋《ドレスルーム》――古今のあらゆる服が用意された衣裳部屋を設置できます」

「・静寂《クワイエット》――虜囚は主人の不利益になりうることを、明示的にも暗示的にも一切、他者に伝えることができなくなります」


驚きに目を見開く僕の膝の上で、ぐったりと果てた真咲ちゃんの姿。それを呆然と眺めて、黒沢さんが、呻《うめ》くように声を漏らす。

「何……これ……こんなことって」

彼女は、身を挺《てい》して救い出そうとした親友に、泥棒猫呼ばわりされたのだ。正直言って同情するしかない。

「美鈴、良かったね。真咲ちゃんが残ってくれるってさ」

「違う！　これは何かの間違いで……」

「それでもいいじゃないか。キミはこれで望み通り、粕谷くんのところへ帰れるんだ」

そう言って、僕はリリに目配せする。途端に、黒沢さんの動きが止まった。

彼女は、絶望の表情を浮かべたまま、その動きを止めた。リリが魂にピンを刺したのだ。

僕は息を荒げる真咲ちゃんを、椅子の上に下ろして立ち上がると、黒沢さんの傍へと歩み寄る。

手に入れたばかりの『静寂《クワイエット》』を発動させ、そのうえ、『人物忘却《フォーゲットパースン》』を重ねる。

これで彼女は、僕との関係を忘れ、何も語ることはできなくなった。

「フミフミにしては、賢明な判断デビな」

リリが感心したように頷く。

「何がさ」

「彼女を日常に返すっていう判断デビ。このままここに置いておいても、彼女は絶対に隷属に到らないデビ」

「まあ、そうだろうね」

「でも大丈夫、この子はまた必ず戻ってくることになるデビ」

「そうだと良いけどね……。じゃあ、とりあえず彼女を返しに行くとしようか。リリ、ここへ来た時の彼女の服と持ち物を用意して、身支度を整えてあげて」

×××

「黒沢さん、黒沢美鈴さん」

はたと気が付いて、アタシは周りを見回した。

昼間の陽射しで熱を持ったアスファルト。夜の静寂《しじま》を遮るように、地面からジーッと音がしている。街灯の灯りには、無数の蛾が群がっていた。

もたれかかっている場所を振り返って、アタシは思わず首を傾げる。

(外？　ここは……学校の正門の前？　監禁されて……あれ？　誰に？)

肝心なところが思い出せない。

戸惑うアタシのそばに、二人の人物が慌ただしく駆け寄ってくる。

「信じられないが……タレコミの通りだな」

「ええ、だから言ったじゃないですか、信憑性が高いと」

男臭いゴリラみたいな男の人と、細身のウェービーなショートカットの女性である。

全く見覚えはない。

「……あの？」

「警察の者です。あなたを保護しに来ました」

こうしてアタシ、黒沢美鈴は、十三日ぶりに日常へと帰還した。

第九章　陸上部は一網打尽

リスタート

「四時にお迎えにあがりますので」

「……ありがとうございます」

後部座席から前を覗き込むと、バックミラーに映る涼しげな目と視線がぶつかった。

運転しているのは、刑事の寺島さん。

あの部屋から解放された際、保護してくれた刑事さんの一人で、とても良くしてもらっているのだけれど、なんというか……ちょっと、とっつきにくい人だ。

感情の起伏が薄いというか、あらゆることに興味がなさそうというか。

今日は火曜日。

本当の意味での日常への帰還。監禁されている期間を含めて、二十日ぶりの登校である。

この一週間は、病院での精密検査や警察の事情聴取をこなしているうちに過ぎた。

精密検査の結果は問題なし。

いや、強いて問題を上げるなら、体重が少し増えていたこと。これは軽くショックだった。原因はわかっているのだ。空腹とドカ食いを繰り返していれば、当然そうなる。

一方、警察の事情聴取のほうは、なかなか大変だった。

結局、『何も覚えていない。気が付いたら十三日経っていた』で通しきった。いや、通さざるを得なかったという表現のほうが適切だろう。

覚えていることを話そうとすると、声が出なくなるのだ。書こうとしても同じ。今度は手が動かなくなる。実際は覚えていることも結構多いのだけれど、それを伝える手段がないのがもどかしかった。

あの部屋に監禁されて、誰かにたくさん抱かれた。

飢えて、脅されて、途中からは自ら進んで。相手のことを喜ばせようと、いやらしい下着を着たりしたことも覚えている。解放される直前、何か酷いことをされたような気もする。

でも、肝心の相手のことが何一つ思い出せないのだ。部屋の様子は覚えているというのに……。

どうにか話を聞き出そうとしてくる男の刑事さんに対して、『ショックを受けているのでしょう。今、無理に話をさせるのは得策ではありません』と、庇ってくれたのが寺島さんだ。

学校への登校を再開するにあたって、心配する両親を宥《なだ》めてくれたのも彼女。

当面は、学校への行き帰りも彼女が送迎してくれるのだという。被害者に対する警察のケアが、これほど手厚いとは思わなかった。

そんなわけで、しばらくの間は寄り道も純くんと遊びに行くこともできそうにないけれど、それは仕方がない。しばらくの我慢だ。

何よりホッとしたのが、読者モデルの活動が継続できそうだということ。

編集部に連絡してみたら担当の砧《きぬた》さんは、アタシが行方不明になっていたこともなんとなくしか知らなくて、あっさりと次回の撮影日程が決まった。

女優になる夢への足がかりが途絶えずに済んで、本当に良かったと思う。

それにしても、あの十三日間は一体なんだったのか？

アタシを監禁した男は、一体誰だったのか？

思い出せないことに、ずっとモヤモヤし続けていた。

「美鈴さま、到着いたしました」

そう呼びかけられて顔を上げると、車は既に学校の教員用駐車場に辿り着いていた。

寺島さんは、どういうわけか二人だけの時には、アタシのことを『美鈴さま』と呼ぶ。

「あの……寺島さん、その『美鈴さま』ってのやめてくれません？　なんかムズムズするんですよね……」

「気にしないでください。単純に、私が呼びやすいというだけなので」

「はあ……」

そう言えば、どこかで誰かに同じようなこと言ったような気がする。それもまた、思い出せそうになかった。

×××

僕の始業前の憩いのひと時は、藤原さんの侵略を受けている。

今も彼女は、缶バッチでデコりまくった鞄を机の上に置くなり、椅子を寄せて、僕の腕にしがみついていた。

（なんなの？　何かにしがみついてないと死んじゃうとか、そういう生態の新種の類人猿かなんかなの？　この子）

　とはいえ毎日のことなので、僕はもう諦めて遠い目をするだけ。

　そんな僕の『面倒くさいアピール』に気付いてくれるわけもなく、彼女は耳元で捲《まく》し立てた。

「ふーみん！　聞いた？　聞いた？　今日から美鈴が、がっこ来るんだって！」

「黒沢さんが？」

「そうそう！　きとらんとゴリが話してるの聞いちゃったんだよね！」

　きとらんというのは、保健室のやる気のないおばさん、木虎《きとら》先生のことだろう。ゴリというのは担任のゴリ岡のこと……っていうか、ゴリ岡の本名、マジでなんだっけ？

　黒沢さんが登校してくるということについての感想は、思ったより時間がかかるものなんだなというところ。解放してから丸一週間である。

　彼女の様子については、涼子から報告も受けているし、聞いてもいないのに、藤原さんからSNSでの彼女とのやり取りを聞かされるので、良く知っていた。

「……ふーん」

「あー、興味なさそうな顔ぉ……」

「実際、興味ないし……そもそも黒沢さんなんて、踏んづけられたぐらいしか接点ないしさ」

「あはは……真咲っちのアレは、ちょっとした行き違いだって、ホントはすっごい良い子なんだよ。美鈴って」

そこには異論はない。真咲ちゃんのために、自分から犠牲になろうとしたぐらい友達想いなわけだし。

「で、ふーみん。悪いんだけど今日、お昼独りで食べてもらっていい？　久しぶりに美鈴とランチしたいんだよね」

「うん、わかった」

悪くもなんともない。むしろご褒美である。黒沢さんが戻ってきたことで、僕が藤原さんから解放されるというのは、ありがたい誤算だった。

ただ同時に、ちょっと気になることもある。

藤原さんには聞こえてなかったみたいだけれど、『黒沢さんが登校してくる』という話になった途端、斜め前の席で照屋さんが、確かに舌打ちをしたのだ。

照屋さんについては正直、注意が必要だと思っている。

立岡くんに藤原さんを脅迫させたのはおそらく彼女だし、黒沢さんのこともかなり敵視しているように思える。

少し前までならともかく、今となっては藤原さんも黒沢さんも、僕にとっては大事な女の子たちだ。もし、照屋さんが彼女たちに手を出すことがあれば、その時には容赦なく叩き潰すつもりだ。

そんなことを考えていると、俄《にわか》に周囲が騒がしくなった。教室の入口のほうへ目を向けると、そこには黒沢さんの姿がある。

長く艶《つや》やかな黒髪に、少しつり目勝ちの目。鼻筋は筆で線を引いたように綺麗なラインを描いている。あらためてみると、やはり彼女は相当な美人だ。

「美鈴！」

「うわー、美鈴っちだー！　久しぶりー！」

粕谷くんを始めとして、陽キャ連中が一斉に彼女のほうへ駆け寄っていく。

彼女はこの一週間の間も、藤原さんや粕谷くんとSNSでやりとりしていたみたいだし、みんな大体の状況は知っている。

彼女自身は何も覚えていなくて、気付いたら十三日経っていたと、そう主張していることも。

「藤原さんは行かなくて良いの？」

「んー……むしろ粕谷っち以外は、遠慮すべきっしょ」

僕の腕にしがみついたまま、藤原さんはそう返事をする。

この子は、アホの癖に時々正論を吐くから侮れない。

一通りの挨拶を終え、黒沢さんは席のほうへと移動する。その途中で彼女は、チラリとこちらに目を向けた。

「やっほー、美鈴」

藤原さんが僕の腕にしがみつきながら手を振ると、黒沢さんは思いっきり眉を顰《ひそ》めた。

「舞……あんた、メッセで彼氏ができたって書いてたけど、まさか……」

「そうそう、あーしのかれぴっぴのふーみん！」

「へ、へぇ……」

思いっきり上擦った「へぇ」だった。

それはそうだろう。『部屋』で一緒に過ごした相手が僕であることは、彼女の記憶から消えている。つまり、彼女の僕に対する印象は、僕を踏みつけにしたあの時点のもの。

僕を見るその眼には、明らかに蔑《さげす》みの色が浮かんでいた。

「ねえ、舞。アンタ……弱みとか握られてるんじゃないの？」

「へ？」

「脅されてるんでしょ？　じゃなきゃ、こんなのと付き合うはずないよね。キモいし、臭そーだし、性格歪んでそうだし……」

(好き放題だな……おい)

僕が思わずムッとするのをよそに、藤原さんは「えへへ」と嬉しそうに笑った。

「よかったー。美鈴がそう思ってくれると助かるー。美鈴がふーみんのこと好きになっちゃったら、ちょっと太刀打ちできないもんねー」

「なっ!?」

「いやいや、その発想はおかしい」

言葉を失う黒沢さんに代わって僕がツッコむ。だが、なぜか黒沢さんが僕に向かってキレた。

「アンタが言うな！　ってか、アンタ！　ホント、舞に何したの！　いやらしいことしようとしてるんじゃないでしょうね！」

「えーと、むしろ逆……かな」

「うん、あーし、ずーっと家とかホテルに誘ってるんだけどさー、ふーみん、ガード超固いんだよねー、あはは」

「へ、へぇ……」

黒沢さんは、さっきよりさらに上擦った「へぇ」を漏らした。

二の句を告げられないとは、まさにこういうことを言うのだろう。なんとも言えない空気の中、気を使ったかのように始業のチャイムが鳴り響いて、担任のゴリ岡が教室へと入ってくる。

黒沢さんは頰を引き攣らせたまま、慌ただしく自分の席へと歩いていった。

×××

予告通り、藤原さんは黒沢さんたちとランチ。おかげで僕は、久しぶりに屋上で独りご飯を満喫する。

とはいえ、お弁当はやっぱり藤原さんお手製で、今日もご飯の上に桜でんぶで描かれたハートマークが痛い。

「独りになる時間って必要だよね……」

僕は独りそう呟く。返事がないのも、たまには良いものだ。

この時期の屋上は、のんびり過ごすには丁度いい。雲のほとんどない青空。初夏の日差しは柔らかで暖かい。お弁当を食べ終わったら、今日はベンチではなく地面に大の字に寝転がって、日向ぼっこを楽しもうと、そう心に決めた。だが――

「あの……木島先輩」

桜でんぶのハートマークを親の仇のように箸で崩していると、唐突に僕の上に人の影が落ちる。顔を上げるとそこには、見覚えのない女の子の姿があった。

胸元のリボンの色を見る限り、一年生のようだけれど、かなり可愛らしい女の子だ。

悪戯っぽい微笑みは、猫みたいな印象。

背中まである長い髪は明るい栗色で、頭の左右で丁寧に編み込んであった。

第一印象をまとめてしまうと、いかにも男性を振り回しそうな女の子……というところ。

僕が首を傾げると、彼女は深呼吸を一つして、意を決したかのように口を開いた。

「あの……私、福田凛《ふくだりん》といいます」

「はあ……」

「木島先輩！　私と付き合ってください！」

「ごめんなさい」

食い気味に即答してしまったせいか、彼女は何を言われたのか良くわからないとばかりに、戸惑いの表情を浮かべる。

「あ……あっれーなんだか、耳がおかしくなったみたいですぞ」

「ですぞ？」

「先輩、わんもあ」

「あー、うん……僕、一応彼女いるんで、ごめんなさい」

「えーっと…………うぇえええええええっ!?」

なんだかわからないけど、めちゃくちゃ驚かれた。

「ちょ、ちょっとは迷ってみたりしませんか？　私、可愛いと思うでしょ？　せ、先輩の彼女って、藤原先輩ですよね。や、や、やっぱり、あーいうギャルが好みなんですか？」

この子が可愛いかと言われると、うん、まあ可愛い。服の上からわかるぐらい胸も大きい。

でも可愛さなら、真咲ちゃんとかノーメイクの藤原さんのほうが可愛いし、美人というなら黒沢さんとか涼子のほうが美人だ。

胸だってそう、巨乳なら真咲ちゃんがチャンピオンだし、貧乳だと藤原さんがチャンピオンだし、美乳だと黒沢さんがチャンピオンだ。

「帯に短し、たすきに長しって感じかな」

「どんな評価!?」

いや、僕にだってわかっているのだ。本来であればこの子だって、僕には不釣り合いで高嶺の花と言って良いレベル。このレベルの女の子に告白されたら、一も二もなくOKするのが常識的な反応なのだろう。

だが、学校では藤原さん、家に帰れば真咲ちゃんがいる現在、この娘と付き合う理由は何もなく、目下の最大の関心事は、いかにして黒沢さんを再び僕のもとへと取り戻し、隷属状態に持っていくかということなのだ。

どう考えても、この娘に割ける余裕がない。

(それに……どうしても自分のモノにしたければ、監禁すれば良いわけだし)

今となっては付き合うとか付き合わないとかいう恋愛ごっこは、僕にはもどかし過ぎるのだ。

この娘が欲しいと思えば監禁する。それぐらいの悪魔的な思考が、僕の中に根付きつつある。

リリの企《たくら》みに、どっぷりハマってしまっているという自覚もあるのだけれど、事ここに至ってしまえば、もう逃れることはできない。

「というわけで、ごめんなさい」

僕がそう言って頭を下げると、彼女はギリギリと奥歯を噛み締め、僕をグッと睨《にら》みつけてこう言った。

「お、覚えてろっ！」

なんというか……撃退された山賊みたいだった。

✖カモフラ彼氏

「うー……ムカつく、ムカつくぅぅ！　どんだけ身のほど知らずなのよ！　あのキモ男」

「凛……アンタ、いい加減にしないと、そのうち刺されるよ？」

陽に焼けたショートカット。親友のマーコが、呆れたとでもいうような顔で肩を竦めた。

「だって悪いのは、どう考えても私じゃないでしょ？」

私はサッカー部のマネージャー。マーコは陸上部。私たちは放課後、下校する帰宅部員たちの波に逆らって、部室棟に向かっていた。

「キモ男先輩はともかく、そもそもアンタが誰にでも良い顔しようとするから、サッカー部の一年が、みーんな勘違いしちゃったわけでしょ？」

「みんなじゃない！　六人！」

私はただ、ちやほやされるのを楽しんでいただけなのだ。なのに、男の子たちがいつのまにか、ギラついた目で私を見るようになって、遂に昨日は乱闘騒ぎを起こした。

受けた告白を『考えさせて』と言って全部放置してたのは、まあ百歩譲って私が悪いような気もしないでもないけれど、いつまでに返事をするなんて一言も言っていない。

結局、男の子たちからは誰と付き合うのかって迫られるし、先輩マネたちからは目の敵《かたき》にされるし。今日の練習試合にも連れて行ってもらえず、アタシだけ部室で用具の手入れとか……もう散々だ。

「思いっきり自業自得でしょ……それ」

「私はなんにも悪くないんだってば！　マーコの周りには、男っ気がないからわかんないだろうけどさ」

「くっそー！　こいつ、ブン殴りてー」

マーコが握った拳を震わせながら、むくれたような顔でこう言い放つ。

「とっとと誰か選んで、付き合えばいいじゃん。それで丸く収まるんでしょ？」

「やーよ！　粕谷先輩クラスのイケメンならともかく、つきあってあげても良いような子なんていないしさ」

「じゃ、フればいいじゃん。素直に」

「ちやほやしてもらえなくなるでしょーが！」

マーコは、呆れたと言わんばかりに肩を竦めた。

「はぁ……それでなんで、あのキモ男先輩に告白するって流れになんのか、全然わかんないんだけど？」

「だって、彼氏ができたって発表すれば、とりあえずはみんな諦めてくれるわけじゃない？」

「まあ、そうだろうね」

「でも、ちやほやは、されたいわけよ」

「はい？」

「つきあう相手が、私がつきあっても良いかなと思うレベルのイケメンだったらともかく、あのキモ男が彼氏なら、『ワンチャン奪い取れるかも！』って、そう思ってもらえるでしょ？」

「……やっぱアンタ、頭おかしいわ」

「なんでよ！　顔だけで判断しない良い子だって男の子たちからの評価も上がるし、本当に好きなヒトができて別れても、なーんにも惜しくないし、拗《こじ》れたって来年にはキモ男は卒業して学校からいなくなるわけだし。ほら！　完璧じゃない！」

「で、フられたんでしょ？　キモ男に。ざまぁｗｗｗｗ」

「うっさい！　草生やさないでよ！　あれは、ちょっと唐突過ぎただけだから。壺かなんか売りつけられるとか、勘違いされただけだから」

「壺って……でも、なんでキモ男先輩なのさ？　ブサイクってだけなら、他にいくらでもいるじゃん」

「キモ男先輩には、他の男の子にない部分があるんだってば！」

「何？」

「いや……男の人ってすぐヤりたがるっていうしさ。こっちは全然そんなつもりないのに、襲われたら怖いじゃん。ただのカモフラージュのつもりなのにさ」

「うん、まあそうだろうね。特にモテないブサイクなら、一層鼻息荒くしそうだよね」

「で、粕谷先輩が、他の先輩に話してんの聞いちゃったんだよね」

「何を？」

「あのキモ男、インポなんだって」

途端にマーコは「ぶふぅ！」と、噴き出した。

「ぎゃははははははっ！　マジで!?」

「マジ、マジ。彼女がさ、毎日ホテルとか自分の家に誘ってるらしいんだけど、あのキモ男、全然乗ってこないんだって。信じられる？　彼女のほうからホテルに誘ってるのにだよ？　で、粕谷先輩は『アイツ、勃《た》たないに違いねぇ』って……」

「ぶはははははっ！　ひぃ、ひぃ……お腹痛ぃ。面白すぎるでしょ、それ」

マーコは、お腹を抱えてプルプル震えてる。笑い過ぎでしょ、流石に。

「襲われる心配ないんだから、カモフラ彼氏に最適でしょ？　まあ、どっちかっていうと、彼女のほうからホテルに誘うっていうほうが嘘っぽいけど」

「あー……彼女って、あの貧乳ビッチ先輩だっけ？　ウチの照屋先輩が言ってたんだけどさ、昔ウリやってたらしいし、まあホテル誘うぐらいやるでしょ、普通に」

「あ、そうなんだ？」

「キモ男先輩、貧乳ビッチがウリやってたって知ってんのかな？　教えてあげたら？　あっさり別れ話になるかもよ？」

「いいね、それ！」

そんな話をしていると職員用の駐車場から出ていく車の後部座席に、黒沢先輩の横顔がちらりと見えた。

私は直接絡んだことはないけれど、粕谷先輩の彼女。

黒沢先輩が行方不明になって、『粕谷先輩とワンチャンあるかも！』って浮き足立っていた一年の女子マネたちが、彼女が戻ってきたことで一気に意気消沈したのは笑えた。

もちろん、私だって粕谷先輩ぐらいのイケメンに迫られたら、あっさり付き合っちゃうんだけど。

×××

美鈴さまをご自宅に送り届け、私はそのまま自宅マンションへと帰る。

今日は直帰。課長にも猪本《いのもと》先輩にもその旨、連絡済みだ。

美鈴さまの送迎については、課長には『そこまでする必要があるのか』と、ずいぶん言われたが――

『心の傷が深いので自殺しかねない』

『何かを隠しているから、それを聞き出そうと思っている』

『犯人は、彼女に何かをさせるために解放したと睨《にら》んでいる』

と、もっともらしいことを並べ立てて、最終的には『黒沢美鈴の監視』、その一環として了承をとりつけた。最長で、今月末までの二週間という条件付きではあるが。

車を地下の駐車場に放り込み、エレベーターに乗って十八階のボタンを押す。

物理的にも価格的にも、この辺りで最も高いタワーマンション。その上層階の四ＬＤＫ。

結婚後の新居として婚約者が用意したマンションに、私だけが先に住んでいる。とはいえ、今となっては、この部屋での生活に実態はない。

部屋に戻るなり、すぐにシャワーを浴びる。そして、バスタオルを巻いたまま冷蔵庫から缶ビールを取り出し、飲み干した後、ドレッサーの前で念入りに化粧をした。

昼間の私は、本当の私ではない。

心が高揚している。この時点で身体がもう疼き始めている。

この時間からが、本当の私の人生なのだ。

先日、ご主人さまをこの部屋にお迎えした。その際に、ご主人さまから最高の贈り物を頂戴したのだ。

私はドレッサーの鏡越しに背後を眺める。夫婦の寝室となる予定のこの部屋。その壁面に、木製の大きな扉が鎮座している。

ご主人さまは『裏口《バックドア》』と呼んでおられたが、この扉は、私とご主人さまにしか見えないのだという。

ご主人さまと私だけ……なんという甘美な響きだろう。

私はストゥールから立ち上がると、バスタオルを脱ぎ捨て、生まれたままの姿で扉をくぐる。

扉の向こうは、現在のマンションのリビングと同じぐらいの部屋。ご主人さまが私にお与えくださった部屋だ。

白漆喰の壁に大理石の床。調度品は青で統一されている。ご主人さまの私に関する印象は青色なのだそうだ。良くわからないが……光栄だと思う。

高級ホテルのスイートルーム。もしくはそれ以上に豪奢な部屋。仕事を除けば、現在の私の生活は、ほぼここで営まれている。あのマンションは、もはやただの入口でしかない。

部屋に入ると、左手の扉から衣裳部屋《ドレスルーム》に移動して、今夜の衣装を選ぶ。

リリさまからは、ご主人さまのお好みはセクシーランジェリーだと伺っている。

無数の衣装の中から選びだしたのは、トップレスの蒼のビスチェに黒のハイレッグショーツ。胸は丸出し、腹部を両サイドで編み上げたコルセットだ。腰回りを飾る極めて丈の短いフリルスカートは、何も隠してはくれない。実に淫靡なシルエットだと思う。

(ご主人さまは、喜んでくださるだろうか……)

鏡で立ち姿をチェックして、私は廊下に歩み出る。廊下を挟んだ向かいには、ご主人さまの寵姫、真咲さまのお部屋。突き当たりにはご主人さまの寝室がある。

私は、ご主人さまの寝室の扉、その前に立つ。ノックはしない。ノックをしても部屋の中には、一切聞こえないからだ。

扉を押し開けて足を踏み入れると、部屋の中央には、十人は優に並んで眠れる巨大な天蓋付きのベッドが鎮座している。

「あ、涼子さん！　こんばんは！　今日は早いんですね」

ベッドに腰を下ろしていた、可愛らしい女の子がにっこりと微笑んだ。

ご主人さま第一の寵姫、真咲さまである。

真咲さまは、私の出で立ちをご覧になって「うふっ、お揃いですね」と、微笑まれる。

真咲さまも、今夜はトップレスのビスチェをお選びになっていた。

色は檸檬色《れもんいろ》と黒のストライプ。胴回りをコルセットのように締めながら、同じように胸だけを露出しているのだが、同じタイプの衣装なだけに、その迫力の違いには消沈させられる。

先日お伺いした時には、バストサイズはＩカップだと仰っておられた。

私もさほど貧相ではないつもりでいたのだが、ここまであからさまに格の違いを見せつけられると、張り合う気にもならない。

お顔立ちは幼げなのに、そのお身体は豊満。奇跡の造形といっても良いと思う。存在が卑猥。もちろん賞賛として申し上げている。

現在は私たち二人が、ご主人さまの伽を務めさせていただいている。

真咲さまは、月の障《さわ》りを除けばほぼ毎晩。私は非番の日、二回の遅番の前日の週に三度。ご主人さまはとんでもない絶倫ゆえに、お相手を務める際には当然のごとくに朝までぶっ通し。狂ったようにイかされ続ける日々を送っている。全くもって、幸せとしか言いようがない。

真咲さまとベッドに座って言葉を交わしていると、ギギギと扉の軋む音が聞こえた。

ご主人さまのご来臨。真咲さまと私は慌ててベッドから降り、三つ指をついてご主人さまをお迎えする。

「ああ、涼子、今日は早かったんだね。ご苦労さま」

頭上からそんな言葉を投げかけられて、私は胸が一杯になった。

「文雄くぅん、わたしも頑張ったんだよ、褒めて、褒めてぇ」

そう言いながら、真咲さまがご主人さまの腕にしがみつく、こんな態度が許されるのは、真咲さまだけだ。

「真咲ちゃん、リリから洗脳の仕方を習ってるんだって？」

「うん、文雄くんの役に立ちたくって」

「ありがとう、嬉しいよ」

「えへへ……」

それから真咲さまと私は、ご主人さまと交互にキスを交わしながら、お召し物を脱がせて差し上げる。そして、ご主人さまを中央に、右に真咲さま、左に私という並びでベッドに横たわった。

ベッドに横たわって少しの間、互いの身体を弄《まさぐ》りながら寝物語を楽しむのが、ここしばらくの通例となっている。

とはいえ、寝物語と言いながらも、大抵は私からご主人さまへの報告である。

「明日、照屋光に事情聴取を行うことになっております。警察は今回の美鈴さま、真咲さまの失踪事件の容疑者は神島組の若頭、照屋光の姉の伴侶とほぼ断定しており、照屋光がそれに関わっているかどうかを探ることが目的でございます」

「だって、えへへ。ぜーんぶ照屋さんのせいだもんねー。文雄くんったら悪い子なんだから」

「他には？」

「はい、美鈴さまのご様子に御変わりはございません。あとは……あまり関係のない話ですが」

「うん、何？」

「猪本刑事と、養護教諭の木虎女史が付き合い始めた模様です」

「『ヴぇっ!?』」

ご主人さまと真咲さまが同時に、『う』と『え』の中間の声を出された。どうやらかなり驚かれているらしい。

「文雄くん、もしかして木虎先生にも、遂に春が来たってこと?」

「いや、そんな平和な話じゃないかもしれないな。天変地異の前触れとか、地球滅亡のカウントダウンとか……」

「ご要望でございましたら、猪本刑事に詳しく聞いてみますが?」

私がそう申し上げると、お二人は真剣な顔をして、コクコクと頷かれた。

「あと……文雄くん、他に気になってる娘《こ》とかいない?」

一呼吸ほどの沈黙の後、真咲さまがご主人さまにそう尋ねられる。

「どういうこと? 僕、浮気とか疑われてんの?」

「そうじゃなくって、涼子さんとも話してたんだけどさ……その、文雄くん……すごいじゃない? いっつも最後のほう、わたしも涼子さんも気を失っちゃうし、もう一人ぐらい女の子がいたら、もっと満足してもらえるのかなって……」

「真咲ちゃんは、それでいいの?」

「うん、美鈴ちゃん以外なら大歓迎だよ。文雄くんが気持ち良いことのほうが大事だもん」

「そうか……涼子は仕事もあるしね。二人にそんなに負担かけちゃってたか……でも、気になる娘《こ》って言われても、真咲ちゃんや涼子ほど可愛い女の子って、そうはいないからなぁ」

ご主人さまは、こんな風にさりげなく褒めてくださるから堪《たま》らない。嬉しくなりっぱなしである。本当に、尽くし甲斐のあるお方だと思う。

「そう言えば、今日、女の子から告白されたんだけどさ」

「ご主人さまに目をつけるとは、中々見どころがあります」

私が頷くと、ご主人さまは苦笑するような顔をされた。

「見どころがあるかどうかはわかんないけど……確かに可愛い子ではあったんだけどさ、やっぱり二人と比べちゃうとねー」

そこで私は、予《かね》てより考えていたことをご提案することにした。

「それでは、私の妹などいかがでしょうか？」

「はい？」

「青梅女学園大学に在籍しておりまして、姉の私の目から見ても、器量は悪くございません」

「い、いや、涼子の妹さんなら、そりゃ可愛いんだろうけど……その、本当に良いの？」

「良いも何も。ご主人さまに抱かれることは、女にとっての最高の悦びでございます。ご主人さまの性奴隷こそ、妹のために最も望ましい進路であろうと確信しております」

ご主人さまは、しばらく考え込まれるようなご様子を見せた後、「リリ、いる？」と、声を張り上げられた。するとすぐに宙にリリさまが姿を現される。

「なんデビ？」

「話聞いてたよね。涼子の妹さんの洗脳プラン、考えてもらってもいいかな？」

「また、消極的デビね」

「そういうわけじゃなくってさ……。この間の失敗も踏まえて、もうちょっと勉強させてもらおうと思って」

「黒沢ちゃんを手放したのが、そんなに堪《こた》えたデビか？」

「……まあね」

すると、真咲さまが「むー」っと頬を膨らませて、ご主人さまの手の甲を抓《つね》った。これも真咲さまだから、許されることである。

「わかったデビ。リョーコ。妹のプロフィールをまとめておくデビ」

「かしこまりました」

「じゃあ、話はこれぐらいで良いだろ」

そう仰って、ご主人さまは、両手で真咲さまと私をぎゅっと抱き寄せられた。

✖ かわいいと言われたいのです

僕はベッドの上で立ち上がり、真咲ちゃんの身体を見下ろした。

肩までの栗色の髪に、下着と同じ檸檬《れもん》色の花飾り。相変わらずの幼げな顔立ちが、胸丸出しのビスチェの卑猥さとミスマッチを起こしてますますいやらしい。

「んふふ、文雄くんのミルク、搾《しぼ》っちゃうんだから！」

真咲ちゃんは膝立ちになると自慢の巨乳を抱えて、僕のモノをその深い谷間に挟み込む。

彼女のド迫力おっぱい。その谷間はわずかに汗ばんでいてサウナのように温かい。これだけでもう、充分気持ち良かった。

「好きなだけ楽しんでね」

彼女は頬を赤く染めながら、ゆっくりと乳房を上下に揺らし始める。

(すげぇ……むちゃくちゃ気持ち良い)

僕のモノを包み込む巨乳の圧倒的な光景。ただでさえ気持ち良いのに、彼女は顎を引いて亀頭に舌を伸ばし、「んぁ……」と唾液を垂らし始める。

おかげでバストと肉棒は、さらに滑らかに擦れ合うようになって、乳摩擦の甘美な刺激がスムーズに股間に流れ込んできた。

むにゅ、むにゅっ！　と、極上の乳圧。精液を搾り取ろうと、魔乳がリズミカルに僕のモノをしごき上げる。

「うふふ、文雄くん、気持ち良さそうな顔してるぅ……あんっ、でも文雄くんの熱くて、はぁ……わたしもぉ、これ気持ちいぃ……かもぉ……」

真咲ちゃんは鼻にかかったような甘い声を漏らしながら、わずかに息を弾ませた。

やはり、これだけの巨乳を揺らし続けるのは、重労働なのかもしれない。彼女の額には早くも汗が滲み始め、栗色の髪が数本ピタリと張り付いている。

「はぁ……」

心地良さに、僕が思わず熱い吐息を漏らしたその瞬間——

「つくぅ！」

突然、脳天まで突き抜けるような快感が背後から襲いかかってきた。

慌てて振り向くと、涼子が跪《ひざまず》いた格好で背中と首を精一杯に反らし、その怜悧な美貌を僕の尻の谷間に深く埋めている。

「りょ、涼子!?」

これには正直びっくりした。肛門を舐めろなどと指示した覚えはない。彼女は僕を喜ばせるために勉強していると言っていたが、これもそうなのだろうか。

だが、涼子は僕が思いっきりビクンと身体を跳ねさせたことに、気を良くしたらしい。

レロン！　レロレロ……ぬちゅっ、くちゅっ、ベロン！

彼女の意外に長くて熱い牝舌が、尻の谷間に沿って激しく上下し始めた。

「うぉっ……おっ……」

思わず声が漏れる。尖った舌先が力強く尻穴の窪みを抉る度に、腰回りがビクッと跳ねるほどの快感が駆け巡る。

「むぅぅ……」

だが、真咲ちゃんは面白くなさそうな顔をした。

どうやら自分より涼子の責めに、僕が反応していることがご不満らしい。

「大丈夫、真咲ちゃんも気持ち良いから」

「うぅ……がんばるもん」

彼女は、ご不満な表情のままに、さらに激しく乳房を揺すり始めた。

もちろん、真咲ちゃんのおっぱいが最高だというのはウソではない。乳房をしっかりと両脇から寄せて挟み込み、凝縮された牝肉の柔らかさ。本当に肉棒の芯まで溶かされそうだ。

一方、涼子の尻責めは新感覚。無防備な弱点を曝《さら》け出してしまった感じである。そのうえ、涼子は完全に勢いづいてしまった。

尻の谷間をなぞるように舐め上げていたかと思えば、今度は舌先を尖らせて小穴を深く抉《えぐ》りだす。

「んはっ！　んっ！」

「きゃん！　ビクッてしたぁ……」

その強烈な突入に、僕は思わず身を捩《よじ》り、真咲ちゃんの胸の間でペニスがビクンと跳ね上がった。

硬く窄《すぼ》まっている小穴を、こじ開けるように抉《えぐ》り込んでくる鋭い舌先。それが蠢《うごめ》く度に、目の前が白むほどの凄まじい快感が僕に襲いかかってくる。

前と後ろ、両方から激しく責め立てられて、僕はなすすべもなく身を捩《よじ》った。

「うわぁ……おち○ちん、もうはちきれそうになってるよぉ」

楽しげな声を漏らす真咲ちゃん。彼女のほうに目を向けると、左右の乳房を別々のタイミングで上下させ、中のペニスをあらゆる角度からシゴキ尽くしている。

(ど、どこでそんなテクを……)

愛してやまない女の子たちからの懸命なご奉仕。こんなの耐えられるはずがない。

「イ、イクよ、真咲ちゃん！　涼子！」

口に出した途端、下腹部が燃え上がるような気がした。

どぴゅっ！　びゅるるる！

弾力に溢れる真咲ちゃんのおっぱいの谷間で射精すると同時に、涼子の舌を締め付けるように肛門がぎゅっと窄《すぼ》まる。

絶頂の真っ只中の僕を、二人は尚も責め立てた。

真咲ちゃんは、もっともっととねだるように乳房を下から上へと揺すり、ヒクンヒクンと情けなくヒクついている肛門を涼子がさらに激しく舌先で抉《えぐ》る。

「っつ……っ……っふあぁ……」

とんでもない気持ちよさ。今まで味わったことのないその快感に、射精が途切れると同時に、僕はその場に座り込んだ。

「はぁ……はぁ……ヤ、ヤバい、これヤバい……」

「うふふ、感じてくれて嬉しいっ」

真咲ちゃんは胸の谷間に溜まった白濁液を、うっとりとした目で眺める。

だが次の瞬間、涼子が唐突に真咲ちゃんの胸の谷間に顔を埋めて、「それでは真咲さま、お掃除させていただきます」と、精液を啜《すす》り始めた。

「ちょ、ちょっと！　涼子さん、ダメぇ！　これ、わたしのだってば！」

真咲ちゃんは慌てて涼子に口づけ、精液を奪い返す。二人の唇の間で、じゅるりじゅるりと啜《すす》り上げるような水音が響いた。

（エ……エロ過ぎる）

クラクラするぐらいに淫靡な光景。

膝立ちのまま、夢中になって互いの唇を啜り合う二人のうっとりとしたその表情に、出したばかりだというのに、股間が早くも張り詰める。

ただ、僕としては、この状況に若干の置き去り感を覚えざるを得ない。

（ご主人さまをないがしろにするような奴隷には、ちゃんと躾けてやらないとな！）

僕はこっそり涼子の背後に回ると、いきなり腰を掴んでハイレグショーツをずらし、いきり立ったモノを一気にぶち込む。

「ぶがっ、ごほっ、ごほっ、いひぃいいいいいいい！」

「きゃっ！」

突然の襲撃に、涼子が口に含んでいた精子を噴き出し、真咲ちゃんの顔に飛び散った。

「主人を放置するとは何様のつもりだ、涼子！」

我ながら芝居がかった物言い。レッツ折檻プレイである。

激しく抽送を開始すると、涼子は主人を怒らせてしまったことに狼狽しながらも、激しく喘ぎ始めた。

「も、申し、あひぃ、わけありませ、あん、あん、あんっ！　ありません！　んっ、お許しくだ、ひぃん、くださいいいい！」

「やかましい！」

ギリギリ抜けてしまうというところまで腰を引いて、僕は力任せに涼子の肉穴を穿《うが》つ。

「あひぃぃぃぃぃぃ！」

大きく張り出した雁首が淫肉を鮮烈に擦り上げ、彼女の唇から零《こぼ》れ落ちた悲鳴には、どこか甘い響きが纏《まと》わりついていた。

そのまま激しく突き上げると、涼子はウェービーな髪を振り乱し、乳房を激しく上下にたわませながら身を反らす。

「ダメぇ！　イってしまいます、ご主人さまぁ、あああ、イってしまいますぅぅぅ！」

無防備なところを急襲されたせいで、昇り詰めるのも異常に早い。必死に訴える涼子。だが、僕は手を緩めるつもりなど毛頭ない。

彼女の膣は完全に蕩け切っていた。その膣襞《ちつひだ》は嬉々として肉棒に絡みつき、ヌッチャ、ヌッチャと淫らな水音を響かせた。

「イクっ、あああ、お許しをぉ！　イ、イクぅぅぅぅぅぅぅぅっ！」

涼子は、白い喉をさらして弓なりに身を反らし、ピュピュとはしたなく潮を吹き零《こぼ》す。絶頂にさらされた膣襞《ちつひだ》が、ギチギチに僕のものを搾り上げてきた。

だが、彼女にとっての不幸は、僕がここ最近のプレイで、絶頂の最中にある女の子をさらに責めることに味を占めていたこと。

僕は、ピクピクと絶頂痙攣《けいれん》真っ只中の涼子を、さらに勢いを増して突き上げた。

膣圧は否も応もなく増し、ジュボジュボと淫靡な水音とともに掻き出される愛液は、ドロドロに濁って、いく筋もの糸を引く。

「あんっ、あひっ、あ、ああああ、ひぃん、ごしゅ、ごしゅじんしゃま、おゆるひ、おゆるひくだしゃい、ましぇ、あひぃ、く、くるっひゃいましゅぅぅ……」

激しい摩擦熱に無数の膣襞《ちつひだ》が燃やされる。粘膜帯を雁首が擦り上げ、涼子は狂ったように頭を振り乱した。

「ひ、ひぎぃぃぃぃ！　ま、またイクっ、イってひまいまひゅっ、ごしゅじんしゃまぁぁ……」

涼子は目を白黒させている。恐らく今、彼女に何度も小さな絶頂が襲いかかっていることだろう。その証拠に膣穴が僕のモノを締め付けて、キュンキュンと慄《わなな》き続けていた。

(まだ、いけるっ！)

必死に許しを乞う涼子。それでも僕は雄の本能を剥き出しにして、素早い振り幅で腰を突き上げる。

「お、おゆるひっ、あ、あひっ、ひゃ、おゆるひくだひゃ、ひゃん、くだひゃいま、ましぇ、ふぇぇぇっ……」

とうとう感情の抑制が利かなくなったらしい。堰を切ったかのように、彼女の瞳から滂沱と涙が零《こぼ》れ落ちた。

「まだ、ダメだ！」

掌にリングピアスの感触。僕は激しく抽送を繰り返しながら、涼子の胸に手を伸ばし、力任せに乳房を捩《ね》じり上げる。

「ひぎぃ!?　いたぃれしゅぅ、おゆるひぃ、おゆるひくだひゃぃぃぃ！」

膣洞を乱暴に掻きむしられて、愛液は泡《あぶく》となっている。涼子は熱烈な掘削運動に、壊れた人形のように振り回されていた。

「涼子！　僕のチ〇ポは気持ち良いか！」

「きもひぃぃれしゅぅ、しゃいこぉれしゅぅ、ひん、おチ〇ポ、あぃしてましゅぅぅ、あひゃ、くるっひゃぅぅ、くるっひゃぅのぉぉ」

体液に空気が練り込まれ、結合部からぶぽっぶぽっと放屁のごとき音が響き始めると、涼子は火照り切った顔を両手で覆い、処女のように恥じらう素振りを見せる。

「いやぁあぁ、はじゅかひぃ、はじゅかひぃでしゅ、ごひゅじんひゃまぁああ……」

（……かわいい）

そう思った時には、もう根元で熱いマグマが渦巻いていた。

「涼子、そろそろイクぞ」

「ら、らひてくだひゃい、りょーこのなかにおめぐみくだひゃい、ごひゅじんひゃまぁああ！」

もはや絶頂を超えつつある涼子は、身も世もなく喘ぎ狂う。

「きれぇ、しぇーし、きれぇぇぇ！」

懇願とも思えるような絶叫。その瞬間、涼子の最深部に抉《えぐ》りこまれた肉棒が、激しい痙攣《けいれん》とともに破裂した。

「はっ、ふぁあぁ、あぁぁあっ、んぎぃいぃいぃ、あちゅい、あちゅぃいい、おおぉぉ、おおぃぃ、お、おぼれひゃぅぅ、りょーこのなかおぼれひゃぅぅぅ！」

白い濁流が子宮口に打ち付けられ、彼女の最奥を満たしていく。

涼子は仰け反り、宙空へと舌を突き出したまま、意識を虚空へと手放した。

ちゅぽんと音を立てて肉棒が抜け落ち、涼子は真咲ちゃんの胸の上へと倒れこむ。

真咲ちゃんはそれを抱きとめると、息を荒げる僕を見据えて、ドン引きするような顔をした。

「鬼畜ぅ……流石に、ちょっとひくかも」

「あはは……ごめん」

僕が頭を掻くと、彼女はクスっと笑った。

「じゃあ、次はわたしの番だよね」

真咲ちゃんは、涼子をそっと横たわらせると、その隣に寝ころんで、両足を大きく開く。

そして、指先で大きく陰唇を押し広げ、膣奥を見せつけながら、淫らな微笑みを浮かべた。

「はい、文雄くんのお嫁さんマ○コはここだよぉ。今度こそ、ちゃーんと孕ませてね」

僕は思わず苦笑する。

排卵誘発剤だと思ってたものが、実はただの栄養剤だったと知った時には、真咲ちゃんはすごく怒った。

そりゃーもう怒った。ポカポカと子供の喧嘩みたいに叩いてきて、謝ると頬を膨らませながら、「今度はちゃんと孕ませてよね！」と、そう言った。

あの控えめで、人見知りをする彼女の面影は、もうどこにもない。

黒沢さんから僕を奪い取ったあの出来事が、彼女を大きく変えた。

自分の股間を堂々と見せつける彼女の姿は、とんでもなくいやらしい。

身に纏《まと》ったビスチェは、彼女の幼児体型の腰を締め上げて、その巨大な胸をより一層強調し、指に押し広げられた肉裂は、はしたなく涎《よだれ》を垂らしていた。

「じゃ、遠慮なくお嫁さんマ○コを味わわせてもらおうかな」

「うふっ、はい、どーぞ」

僕は彼女の上に覆いかぶさると、出したばかりなのに、既にガチガチに硬くなっているモノを彼女のスリットに宛《あて》てがった。

「あぁ……入ってきたぁ、んっ、あっ……旦那さまおち○ちん、おかえりなさぁい……」

既にほぐれきってゆるふわの膣肉、涼子のきつく絞り上げるような膣とはまた違う感触だ。狭いのに柔らかくて包み込むような感触。それをゆっくりと押し広げていく。

「あっ、あんんぅ……はあぁんっ、んはあぁ……わたしの全部……文雄くんので、埋まっちゃった。嬉しぃよぉ」

「真咲ちゃんのここ、もうすっごく熱くなってるよ」

「文雄くぅん、わたし……じっくり愛してほしい」

「うん、わかってるよ」

毎日肌を合わせていれば、好みのプレイもわかってくる。激しく犯されるのが大好きな涼子に対して、真咲ちゃんは正常位でのイチャラブプレイを好むようだ。

「はぁあっ……んっ、んあっ、やっぱり文雄くんのおち○ちん最高っ、んっ、すごく擦れるぅ」

彼女の膣内の感触を味わいながら、ゆっくりと腰を動かし始める。ぴったりと隙間なく締め付けてくる彼女の膣壁は、熱烈に僕を歓迎してくれているようにすら思えた。

「はぁ、はうぅぅ……ゆっくりだから、膣内《なか》でぐにぃ〜って擦れる感じが気持ちいいのぉ、あうっ、はっ、んんぅ、あっ……」

「真咲ちゃんの膣内《なか》、もうトロトロだね。涼子が犯されてるの見て感じちゃった？」

「そりゃそうだよぉ……ずっと涼子さんの気持ち良さそーな顔見せられてるんだもん」

「じゃあ、それならもっと……」

僕は、彼女の上に完全に寄りかかって体重をかける、全力ピストンの体勢に移行する。

途端に、僕と彼女の間で、大きな胸がぐにょんとひしゃげた。

「お、重っ……」

真咲ちゃんは一瞬、苦しげに眉根を寄せる。だが、僕が激しく腰を振りだすと、途端に嬌声を漏らしはじめた。

ずちゅっ！　ずちゅっ！　ずちゅっ！　と、激しく響き渡る水音。

「あんんぅっ　ふやあぁあ、あっ、あぅっ……すごいぃ、はうん、急に激しくされたら、んっ、んあぁあ！」

真咲ちゃんは、すぐに両手両足でしがみつくような体勢になって、僕を全身で受け入れてくれる。

「うんっ、うんっ、す、すごくいいよぉ、ん、んあぁあっ、膣内《なか》が擦れて、気持ち良いのがいっぱい、いーっぱい昇ってくるぅ……あん、あん、あんっ」

結構激しく腰を使っているのだが、真咲ちゃんは本当に気持ち良さそうに感じてくれていた。

「あっ、あぅう、はんんっ、ぁあっ、いっぱい動かされるのすきぃ、文雄くんのぉ、旦那さまのぉ、逞しいところぃーっぱい感じられてぇ、すごくすきなのぉ、あっ、あぁぁっ……」

こんな可愛いことを言われると、もっともっと感じさせてあげたくなる。

「あっ、あいっ、あうっ、んんっ、当たってるぅ、んんぅっ！　硬いので奥ぅ、コンコンされちゃってるのぉ、ひぅっ、ふにゃぁあ！」

グッと腰を突き出して、一番深いところを徹底的に責め上げると、膣内が細かく震えて、彼女が硬直する。どうやら軽くイッたらしい。

僕は彼女の頭を抱きかかえると、そのまま奥のほうを激しく突きまくった。

「んはぁ、はぁああっ、ああっ、あいいっ、じっくりってぇ、言ったのにぃ、だめぇ、激しぃい、はぅう、目の前真っ白になるぅ、んぁっ、気持ち良すぎてぇ、んいっ、ひゃぁああ」

彼女が不意に大きく仰け反ると、その拍子に、亀頭が子宮口を擦り上げるような当たり方をして、彼女は悲鳴じみた声を上げた。

「んあぁぁっ！　はぁあああぁん、奥っ、当たって、当たってるぅ！」

「ぐっ、すごい締め付け！　出すよ、このまま、いいよね？」

「あぁっ！　うん、ちょうだい、びゅーびゅー出してぇ、あかちゃんのもと、いっぱいちょうだい、孕ませてぇええ！」

「い、いくよっ……くっ！」

ズンッ！　と、奥に渾身の一撃。

そのままがっちり真咲ちゃんの腰をホールド。尿道を勢い良く精液が駆けあがってくる。

「んいいいいいいいぃっ!?　ひっあああああぁぁ」

真咲ちゃんは歯を食いしばり、弓なりに身を反らしながら、僕の背中に回した手足をぎゅっと締め付けた。

「んぁあああっ、ああっ、ひっ、出てるぅ、びゅーびゅー出てるぅ、赤ちゃんできちゃってるぅ……んあっ、んはぁっ……あぁん、ふみおくぅん……だいすきぃ……」

僕は最後まで出し切ると、荒れた呼吸を整えながら、ビクンビクンと身を跳ねさせている彼女を抱きしめる。

「はぁ、はぁ……真咲ちゃんは、やっぱり可愛いな」

「はぁ、はぁ、んふふっ、可愛い奥さんになるって約束したもん。大丈夫？　わたし可愛い？」

「凄く可愛いよ」

甘えるように頬を擦りつけてくる彼女と、しばらく抱き合って過ごした後、ペニスを引き抜いて身を起こす。

するといつの間に回復したのか、今度は背後から涼子が抱き着いてきた。

「ご主人さま……その……」

「何？」

「涼子も……可愛いですか？」

僕は正直びっくりした。涼子の口から、そんな言葉が出てくるとは思わなかったからだ。

「真咲ちゃんが羨ましくなっちゃった？」

「……はい、分不相応なのはわかっているのです。けれど、私もできれば、その……ご主人さまに可愛いと仰っていただけるように、その……なりたいと……」

「ははっ、今の涼子はすごく可愛いよ」

途端に、涼子の頬が茹で上がるように真っ赤に染まっていく。

そんな顔をされたら、もう止まれない。

僕は、再び涼子の腰を掴んで、彼女の膣内《なか》へと侵入した。

✖ おまえだ、おまえ！

一夜明けて学校への道すがら、僕は思いを巡らせる。

魔界の栄養ドリンクのお陰で僕は、ほぼエンドレスにセックスを楽しむことができている。だがその反面、確かに真咲ちゃんや涼子には無理をさせてしまっているかもしれない。

女の子が一人増えれば、彼女たちの負担は随分軽くなるだろう。

もちろん、セックスの回数を抑制するという発想はない。こちとらヤりたい盛りのお年頃、体力面の心配がないのだ。許されるなら、ずっと女の子を抱き続けていたいぐらいなのだ。

それにしても涼子の提案には正直驚いた。自分の妹を性奴隷として差し出すというのだから。

だが、価値観の最上位が僕への隷属になるということは、つまりそういうこと。涼子にとって僕への隷属は道徳的であり、常識であり、幸福なことなのだ。妹の幸福を願うからこそ、ああいう発言になったのだろう。

今夜、涼子が妹さんのプロフィールをリリに手渡し、それに基づいて彼女が洗脳プランを立てることになっている。だが、そこまで考えて、僕はハタと我に返った。

（もしかして僕、取り返しのつかないことをしようとしていないか？）

考えてみれば、黒沢さんと真咲ちゃんを監禁したのは復讐のため、涼子は復讐を遂げるのに障害になるから監禁した。

立岡君は若干成り行きではあったけれど、藤原さんを守るためだったし、そもそも彼は復讐の対象だったのだ。それなりに理由があってやったこと……僕はそう思っている。

だが、涼子の妹さんについては、それが全く当てはまらない。自分の性欲を満たすために、顔も名前も知らない女性を食い物にしようとしているのだ。

（これって……藤原さんをホテルに連れ込んだ立岡くんと同じなんじゃ……）

なんというか、リリの思う壺。僕が悪事に手を染めれば染めるほど、悪魔の勢力が拡大する。初めて出会った時、リリはそう言っていたのだ。

ここで自分の欲望のためだけに女の人を食い物にしてしまったら、もう歯止めが利かなくなるんじゃないだろうか。そんな一抹の不安が脳裏を過《よぎ》る。

（涼子には悪いけど、やっぱり断ったほうが……）

そう考えた途端――

「先輩！　おはようございまーす！」

背後から女の子の声が聞こえてきた。

振り向けば、そこにいたのは昨日告白してきた女の子。確か、福田さんといっただろうか。

明るい栗色の髪を払いながら、ニッと口角を上げて笑う彼女。その表情からは、人懐っこい印象を受ける。

一年生のことは良く知らないけれど、彼女はたぶん、所謂《いわゆる》トップカーストの一人なのだと思う。

「せーんぱい！　奇遇ですね！　一緒に行きましょー！」

だが、同じ人懐っこい感じと言っても、藤原さんと彼女では全然違う。

藤原さんみたいにアホっぽいわけではなく、自分の可愛さを理解したうえでの振る舞い。彼女の一挙手一投足には悉く《ことごと》作り物っぽさが見え隠れしていた。

実際、今までこんな女の子を通学途中で見かけたことなんてないし、昨日の今日でたまたま出会うなんて都合の良いことなどあるわけがない。僕のことを待ち受けていたのだと考えて、間違いないだろう。

彼女は戸惑う僕をよそに、勝手に隣に並んで歩き始めると、ナンパするチャラ男のような気軽さでこう囁《ささや》きかけてくる。

「ねぇ、先輩、ねぇ、先輩。私とお付き合いしてくださいよ」

「昨日、断ったと思うんだけど？」

「昨日は昨日、私たちは明日を生きているのです！」

今日が行方不明である。

(いくらフっても無駄とか……ゾンビみたいな娘だな)

「……っていうか、なんで僕なの？」

「え？　…………好みのタイプだから、かな」

眼球界のオリンピック水泳代表かと思うぐらい、彼女の目は思いっきり泳いでいた。

一体、何を企んでいるのか知らないけれど、関わり合いにならないに越したことはない。

「繰り返すようだけど僕、彼女いるから」

すると、彼女はにんまりといやらしい笑顔を浮かべて、僕の顔を覗き込んできた。

「せんぱぁい、言おうかどうか迷ったんですけどぉ……先輩、彼女さんに騙《だま》されてますよ」

「どういうこと？」

思わず僕が眉根を寄せると、彼女は口元を歪めながら囁《ささや》きかけてくる。

「陸上部の友達が教えてくれたんですけど、彼女さん、昔、ウリやってたんですよ。ウリ。お金でぇ、男の人にエッチなことさせてあげてたんですよぉ」

「知ってる」

「ショックですよねぇ。うん、わかりますよ、って……へ？」

彼女は、キョトンとした顔をした。

「知ってる。別にショックでもなんでもないけど？」

「な、な、なんでですか！　先輩、ウ、ウリなんてそんないやらしいことする人ですよ？　大人しい先輩をカモフラージュにして、きっと今も……」

その瞬間、頭に血が上った。自分でもビックリした。気が付いたら僕は、片手で彼女の顎を掴んでいたのだ。

僕は、驚き顔のまま蛸みたいな口になっている彼女の鼻先へと、顔を突きつける。

「誰から聞いたか知らないけれど……憶測で人を悪く言うのは感心しないな」

そして、低い声でこう告げた。

「今の話……誰かに喋ったら潰すから」

引き攣った顔で、盛大に視線を泳がせる彼女の頬から手を離し、僕はくるりと背を向ける。

流石にここまでやれば、追ってくる気配はない。

興奮状態が覚めるに連れて、次第に「やらかしたー！」という思いが押し寄せてきた。らしくもない。

笑って流せば良いものを、何を本気でキレているのやら。

だが、一応、藤原さんは従属状態。僕の所有物の一つだと認識している。僕は、僕の所有物に手を出す者を許す気はない。

(陸上部の友達が教えてくれたって言ってたな……彼女にあんな話をしたのは照屋さんか、いや友達というからには一年……ショートカットの後輩たちの誰かってとこか……)

考えてみれば、藤原さんの裸を撮った写真も、彼女たちの手元に残ったたままだ。

とはいえ、いちいちあの四人の後輩の顔など覚えてはいない。せいぜい髪型だけ。ショートカットだったということぐらいだ。果たして陸上部にショートカットの部員が何人いることか。

だが、涼子の妹さんに手を出すよりはこちらのほうが、いくらか自分に言いわけができる。

「どうするかな……いっそのこと陸上部、全員監禁するとか」

そう口にして僕は、流石にそれは無茶苦茶だと苦笑した。

×××

振り返りもせずに去っていくキモ男の背中を唖然と見送った後、私はハタと我に返る。

(なんなのアイツ！　偉っそうに！　何が潰すよ！)

怒りが沸々と湧いてきた。

(自分の顔、鏡で見たことあんのか！　そういうセリフは、イケメンが言うから許されるんだっての！)

私はブレザーのポケットからハンカチを取り出して、あのキモ男に触られた部分を、念入りに拭う。汚い手で触られて、ニキビでもできたら堪《たま》ったものじゃない。

「もう、あったまきた！」

もうあんなのどうでも良いけれど、あんなのに脅されて怯えたと思われるのは悔しすぎる。

どうせ、私みたいなか弱い女の子ぐらいにしか強気に出られない、ひ弱ないじめられっ子だ。

「見てなさい、逆に潰してやるんだから！」

×××

いつもと変わらぬ午前中の授業が終わり、迎えた昼休み。

僕の手には例によって例のごとく、ご飯の上に桜でんぶでハートマークを描かれたお弁当がある。もちろん藤原さんのお手製。これもまたいつも通りなのだけれど……。

「へー！　舞って、そんなに料理上手なんだ」

「まーね、ちっちゃい時からやってるし。美鈴も粕谷っちに作ってあげたら？」

「そりゃ……俺としては、美鈴が作ってくれるっていうなら……その……嬉しいけど」

「じゃあ……舞ほど上手にはできないと思うけど、頑張ってみよう……かな、えへへ」

僕が言える言葉は、ただ一つ。

「なんでこうなった……？」

今、屋上には、ピクニックみたいにビニールシートの上でお弁当を広げている一団の姿がある。そして僕は、その中の一人だった。

僕の腕にしがみついているのは藤原さん。うん、弁当食べにくいから離れろ。ここまでは……まあ、問題ない。問題は、僕らの向かいに座っている二人だ。

黒沢さんと粕谷くん。

二人は購買で買ってきたと思われるサンドイッチと、パックのコーヒー牛乳を手にしていた。

「あの……藤原さんや」

「なーに、ふーみん？」

「何……これ？」

キョドりまくる僕に、藤原さんは満面の笑みでこう答えた。

「えへへ、一緒にご飯食べればお友達ってことで。あーしの友達には、ふーみんと仲良くしてもらいたいじゃん」

（うん……こいつ、やっぱりアホだわ）

そんなの無理に決まっている。この場で平然としているのは、藤原さんのみ。

彼らも藤原さんに強引に押し切られたのだろう。粕谷くんはあからさまに気マズそうな顔をしているし、黒沢さんはこっちを見ようともせず、僕は存在しないものとして振る舞っている。

「えーと、紹介するね。あーしのかれぴっぴのふーみん」

「……知ってる、一応同じクラスだしな」

粕谷くんが困り顔でそう返事をすると、黒沢さんがボソリと付け加えた。

「知りたくもないけどね」

（まあ、そうですよね）

藤原さんがどんだけアホでも、この明らかに気マズい空気がわからないわけがない。流石に彼女もマズいと思ったのだろう。取り繕うように口を開いた。

「み、みんな誤解してるみたいだけど、ふーみんって、実はすっごく男らしいんだよ！　あーしのピンチに颯爽と現れて助けてくれたの。白馬の王子さまなんだから！」

一応、立岡くんの名前を伏せる辺りは、意外と空気が読めているように思えるけれど、それで緩むようなヤワな気マズさではない。

一拍の呼吸を置いて、黒沢さんが言い聞かせるように口を開いた。

「舞……アンタ騙されてるんだってば、そんな都合良く現れる時点でお察しってもんでしょ。アンタに恩を売って、いやらしいことしようとしてるんだってば」

「むしろ、いやらしいことしてほしいぐらいなんだけどなー。あーしが猛アピールしてんのに、ふーみん、全然乗ってきてくんないんだもん」

「アンタねぇ……」

黒沢さんが頭を抱えるような素振りを見せると、今度は粕谷くんが取り繕うように口を挟む。

「舞ちゃんがグイグイくるんで、ビビっちゃったんだろ。こいつ、童貞っぽいし、な、おまえ童貞だろ？」

やっぱり粕谷くんと話をするのは怖いけれど、話を向けられて黙っているわけにもいかない。

「一応……童貞じゃない、けど」

途端に、この場の空気が凍り付いた。

「えー!? あーしが童貞奪っちゃおうと思ってたのにー、ふーみんひどいぃ！　この浮気者ぉ！」

「オイオイ、マジかよ！　おまえみたいなの相手してくれるとか、天使じゃん。どんなブサイクだよ」

藤原さんと粕谷くんが同時に驚きの声を上げる。うん、藤原さんはちょっと自重しような！

「……えーと、一応、その……ブサイクではないと思う」

(っていうか、おまえの彼女だよ……)

僕の初めての相手は黒沢さんだ。もちろん彼女は何も覚えていないわけだけれど。

「あ、あーしと、その童貞キラーと、どっちが可愛い？　あーしだよね、あーし！」

「あ、あはは……」

すると、童貞キラーもとい黒沢さんが、眉を顰めながら口を開いた。

「ご飯食べながらなんの話してんのよ。もー、見栄はってるだけだってば。そもそもこんなの相手にするような女の子、いるわけないでしょ」

（おまえだ、おまえ！）

「ま、まあそうだよな。舞ちゃんも、もうちょっと相手選んだほうが良いんじゃねーの」

粕谷くんが童貞キラーに同調すると、藤原さんがぷぅと頬を膨らませる。

「むー！　二人ともそんな言い方しなくてもいいじゃん！　じゃあもう、言っちゃうもん！　ふーみんのおチ○ポちゃん、スゴイんだから！」

途端に、屋上に氷河期が訪れた。

「…………は、はい？」

「だから、おチ○ポちゃんが凄いんだってば！　めっちゃデカいの！　もーさいきょーって感じなんだから！　あんなのきもちーに決まってんじゃん！　だから誘惑してるのにさー、ふーみんったら、ちっともなびいてくれないんだもん」

いたたまれない。あまりにもいたたまれない。

そんなどうしようもない空気に、黒沢さんは真っ赤になって俯《うつむ》き、粕谷くんは——

「へぇ……」

物凄く上擦った「へぇ……」を漏らした。

陸上部員集団監禁事件勃発

「ト、トイレ、我慢できないから先に行くよ」

「ちょ、ちょっと、ふーみん！」

この世の地獄としか思えないような昼食が終わり、僕は一人、藤原さんの手を振り払って階段を駆け下りる。わざとらしいとは思うけれど、粕谷くんたちと一緒に教室に戻るのは御免だ。変な注目を浴びるに決まっている。

トイレで用を足し、廊下に出ようとすると、女子トイレの前辺りから、誰かと話をする黒沢さんの声が聞こえてきた。

ここでまた黒沢さんと顔を合わせるのは、気まずいどころの騒ぎじゃない。僕はそっと物陰に身を隠す。

「悪いけど……藪から棒にそんなこと言われても、全然覚えてないし……」

「ほんまに犯人覚えてへんのか？　たとえば木島とか？」

聞こえて来た話の内容に、僕は思わず息を呑む。

誰かが誘拐事件のことを、黒沢さんに問い質していた。

「はぁ？　あんなのが、アタシをどうこうできるわけないじゃん」

「そらそうやんな。そんなことあらへんのはわかっててんけど……陸上部の後輩で頭のええ奴が一人おって、犯人は木島に違いないとか言うもんやから……一応な」

「んなことあるわけないじゃん、馬鹿馬鹿しい」

(ヤバい、ヤバい、ヤバい！)

心臓が痛いぐらいに跳ねている。現時点ではあくまで推測程度かもしれないけれど、少なくとも僕を怪しんでいる人間がいる。そう思うと額に冷たい汗が滲みだした。

僕は物陰から、そっと黒沢さんが話をしている相手の顔を覗き見る。

ショートカットで目の細い女の子、背は高くてひょろりと縦に長い印象を受ける。先日、田代さんと一緒にいた女の子だ。

確か、田代さんは女子陸上部の部長、さっきの話に出て来たのも陸上部の後輩……この女の子も恐らく陸上部なのだろう。

（やるしか……やるしかない。こうなったらもう……女子陸上部全員を）

動悸《どうき》の治まらない胸を押さえながら、僕は独り頷く。

藤原さんの写真を持っている後輩たちのこともある。やるしかない。それもなるべく早く。

僕は、その方法について思考を巡らせ始めた。

×××

迎えた五時限目。

授業開始の冒頭で、先生は照屋さんに「校長室に向かうように」と、そう告げた。

僕は、窓の外へと目を向ける。

教員用の駐車場に涼子の車が見えた。昨夜、報告を受けた通りである。

警察は黒沢さんと真咲ちゃんを誘拐した犯人として、照屋さんの姉とその夫に目星をつけている。それに照屋さんが関わっているか否かを見極めるために、事情聴取を行うのだと、涼子はそう言っていた。

照屋さんは、面倒臭いと言わんばかりの不貞腐れた態度。クラスの皆の反応も「またか」という雰囲気だ。もはや警察の事情聴取も新奇性を失って、恒例行事の趣《おもむき》を持ち始めている。校長先生も「回数が多すぎる」と愚痴っていたと、養護教諭の木虎《きとら》先生がそう言っていた。

実際、照屋さんに事情聴取を行ったところで、警察が得るものは何もないだろう。そりゃそうだ。彼女は何も関わっていない。犯人は僕なのだ。

不満たらたらといった様子で、教室を出ていく照屋さん。彼女の姿を見送って、僕は机の下でスマホをいじり、一本のショートメッセージを涼了に送った。

確かに照屋さんは関係ない。

だが、これまでのこと、これから為そうとしていることを考えれば、彼女の存在は僕にとってあまりにも都合が良すぎた。

そして同時に、藤原さんの安全を脅かす存在であることを考え併せれば、彼女と彼女のお姉さんには、僕の代わりに全てを背負ってそのまま退場してもらう。それが最善。

そういう結論に至らざるを得ないのだ。

×××

「疑っているとか、そういうことではありません。噂レベル、中傷レベルの話でも、我々としては一つ一つ確認していくしか方法がないだけですので、気を悪くしないでください」

「はあ……」

四角く男臭い顔をした刑事が、やけに念入りに前置きをする。

どうやらこの人たちに、何か吹き込んだ奴がいるということらしい。

「えーと、お名前は照屋光さんで間違いありませんね」

「はい」

「被害者の黒沢美鈴さんと羽田真咲さん。黒沢さんは帰ってこられましたが……。もし、学校以外でお二人と接点があれば教えてください」

「ありません。クラスが同じというだけです」

「そうですか。実は黒沢さんが行方不明になってすぐの頃、あなたが関係してるんじゃないかという話が出たことがありまして……」

「ちょっと待ってください！　アタシは関係ありません！」

「いや、わかってるんです。根も葉もない話だというのは」

思わず声を荒げると、刑事は眉根を下げて、取り繕うような微笑みを浮かべた。

一応、確認しなきゃいけないという理屈はわかるけれど、正直ムカつく。だってそうでしょ？　少なくとも、誰かがアタシを疑って警察に告げ口をしたということなのだから。

「ですが……念のため調べてみたらですね。あなたのお姉さん、神島杏奈《あんな》さん、旧姓照屋杏奈さんですか……強制売春に、売春斡旋の前科がありますよね」

×××

「……失礼します」

アタシは叩きつけるように扉を閉じて、足早に階段を駆け上がる。

（ムカつく！　ムカつく！　ムカつく！　ムカつく！）

特にムカついたのは女刑事のほうだ。話をしていたのは男の刑事のほうだが、女刑事は完全に疑いの眼……いや、もう犯罪者を見るような眼で、アタシを観察していた。

質問の大半は姉貴絡み。

口では『あくまで参考ですから』などと言っていたが、アタシには、姉貴のことをほぼ犯人と断定しているようにしか思えなかった。

アタシが、それに協力しているんじゃないかと疑っている、そんな雰囲気だ。

校長室を後にして、アタシは屋上手前の踊り場まで駆け上がり、手摺りの陰に隠れてブレザーの内ポケットからスマホを取り出した。

授業中ゆえの静寂。静けさのせいで耳鳴りがする。アドレス帳から姉貴の名前を選んでタップ。数回のコール音の後、回線の繋がる音がした。

『どしたん？　光ちゃん』

かけてきた相手の名前が表示されるようになって、『もしもし』という言葉は死語になろうとしている。

酒灼けした擦れ声。電話に出た姉貴は、いかにも意外そうだった。

「姉貴、ウチの学校で。女の子が二人行方不明になったの知ってる？」

「あー、あれ光ちゃんの学校か。竜ちゃんが、ウチのシマでおいたしてるヤツがいるって、随分イラついてたからさ」

わかってはいたけれど、やはり今回の誘拐に姉貴は関係ない。

姉貴や義兄《にい》さんがやるとすれば、もっと陰湿で徹底的だ。少なくとも黒沢美鈴のように、無傷で発見されるなんてことは、まず有り得ない。

「小金井って覚えてる？」

「ん？　……もちろん覚えてるけど……何？　居所でもわかったん？」

「うん、藤原って苗字に変わってるけど、同じクラスにいるよ」

「へー……」

その声音だけで、電話の向こう側の姉貴の表情が容易に想像できる。にちゃぁと口元を歪めている顔が思い浮かんだ。

「で、今日、学校で警察に事情聴取されたんだけどさ、どうも姉貴っていうか、義兄《にい》さんのこと疑ってるみたい。誘拐のことで」

「へーそれはそれは……ウチは関係ないけど、痛くもない腹を探られるのはおもしろくないねぇ。ああ……なるほどね。光ちゃんは、小金井がチクったんじゃないかって言いたいわけだ」

「そう」

「まあ、心配しなくても大丈夫よ」

「姉貴の心配はしてないってば。姉貴が捕まったら、アタシが学校にいられなくなるって心配をしてんの」

「あら、冷たい。まあ……気を付けるわよ。実際、全く関わってないし。いくら踏み込まれたって、なんにも出てこないから。それに竜ちゃん、頭良いからね。他の稼業もぜーんぶ尻尾切れるようにしてあるし」

「……ならいいけどさ」

「じゃあ、近々、小金井に会いにそっちに行くからさ。何かおいしいものでも食べにいこっか。寮のご飯っておいしくないんでしょ？　好きなものご馳走してあげる」

「姉貴……アタシの話聞いてた？　今は小金井のことなんかほっときなよ」

「大丈夫よ、別に攫おうってわけでもないし、ぶっ殺そうってわけでもないから。ただの挨拶よ、ただのあ・い・さ・つ」

×××

通話を済ませてアタシが教室に戻ったのは、丁度六限目が始まろうとしている頃だった。

何事もなかったかのような顔をして席に着き、斜め後ろのほうをちらりと盗み見る。

アタシの斜め後ろは、底辺キモ男の席。

純一さまに手を出すつもりはありませんと、アタシに媚びているつもりなのだろう。藤原はそんな底辺男に懐いたフリをして、この間からそいつの隣に席を移している。

そこまで媚びるなら許してやろうかと思ったのも束の間、何せ警察の口から姉貴の名前が出るぐらいだ。チクったのは絶対コイツだと、アタシはそう確信していた。

「よーし、授業始めるぞー！」

無駄に明るい数学教師が、教室に入ってくる。

だが、授業が始まろうとしているのに、座席に底辺キモ男の姿はない。隣の席の藤原が尖らせた唇と鼻の間にシャーペンを挟んで、不貞腐れたような顔をしていた。

底辺キモ男がいないのはどうでもいいけれど、藤原がしれっとした顔をしてるのが、本当にムカつく。もうすぐ、お前んとこに姉貴が行くぞって教えてやったら、一体どんな顔をするのだろうか？

六限の授業は、少しも頭に入ってこなかった。元々、数学は苦手なのにこんなにイライラしていては、数式なんてただの文字列にしか見えない。

だが、幸いにも最後まで教師に指されることもなく、授業終わりのチャイムが鳴った。

ムカつくし、イラつくし、モヤモヤしている。大会は近いし、こんなことに気を取られているのもバカバカしい。何よりこのモヤモヤした感じを、全力で走って振り払いたい。

アタシは授業が終わるや否や、部活へ向かおうと鞄を肩に担いで、慌ただしく教室を歩み出る。だが、靴箱まできたところで、さっきの女刑事に呼び止められた。

「照屋さん、照屋光さん。少しだけよろしいでしょうか？」

「はぁ……まだ、何か？」

「いえ、少しだけ教えていただきたいことがありまして……木島くんについてなのですけれど」

「はい？」

どこかで聞いたことのある名前だなと考えてみると、確か底辺キモ男が、そんな名前だったような気がする。

「彼のことをどう思いますか？」

「どうって……？」

「かっこいいなとか、男前だなとか……」

「……キモいと思いますけど」

「では、仮にかっこいいとしましょう。その場合、どの辺りがかっこいいと思いますか？」

この女刑事は、一体何を聞きたいのだろう？　何を探ろうとしているのかと警戒心マックスで、意味のわからない質問（なぜかキモ男についての質問ばかり）に答える。

「ありがとうございます。とても参考になりました」

そう言って、女刑事が立ち去る頃には、既に三十分近くも部活の開始時刻を過ぎていた。

わけがわからない。一体なんだというのか。

ムカつく。ただでさえ練習時間は限られているというのに。

慌ただしく靴を履き替えて、部室棟へと走りながら、グラウンドのほうに目を向ける。

そして、アタシは思わず首を傾げた。

部員たちが誰も走っていないのだ。用具の準備も、まだ何も終わっていないように見える。

「ちっ……また、調子に乗って説教ぶちかましてんのか？　アイツ」

アイツというのは陸上部の顧問のこと。考えるだけでウンザリする。顧問のハゲ親父は時々、練習を止めて長々と説教することがある。

連帯責任だのなんだのと言って、部員全員を相手にだ。大した実績もない癖に、偉そうにしたいだけのマスターベーション。そんなものを見せつけられるほうは、堪《たま》ったものではない。

「すみません！　遅くなりましたー」

そう言いながら、部室に足を踏み入れると、そこはがらんとしていた。

顧問が部員を集めて説教をしているどころか、ただ一人、二年の蜷川《にながわ》がトレーニングウェア姿でベンチに座っているだけ。他の部員の姿はない。

「照屋先輩！」

「ん、ニナ、みんなは？」

「それが……自分も遅れて来たんですけど、誰もいなくって……部室も鍵かかってましたし」

部活が休みになったとか、他校へ遠征に出るとか、そんな話は聞いていない。

練習用具もそのままで、アタシと蜷川以外に部室に誰かが入った形跡もない。誰に電話をかけても全く繋がらず、結局その日はアタシは蜷川と二人で、軽くトラックを流しただけで練習を終わらせた。

そして——担任の口からアタシと蜷川を除く、陸上部員十八名の失踪を告げられたのは、この翌日のことである。

×××

（……やられた！）

目を覚まして最初に、私――白鳥早紀の頭を過ったのは、そんな言葉だった。

横たわったまま目にしたのは、緑色の照明に照らし出される鉄の床。壁の低い位置に取り付けられた緑の照明が鈍い光を放っている。私たちは、見覚えのない部屋に閉じ込められていた。

（いつ……どのタイミングだ？）

思い返してみれば、「眠い」とグズる高砂の手を引いて部室に足を踏み入れたところ、記憶はそこで途切れている。

「し、し、し、白鳥先輩、お、起きたっスか、ど、ど、どうなってんスか、これ！」

私の隣で、同じように床に転がっていた後輩の佐藤《さとう》が、泣き出しそうな声を漏らした。

彼女は、実に卑猥な格好で転がっていた。

首元に制服のリボンだけを残して全裸。しかも、赤い縄で全身を格子《こうし》状に縛られている。

ここに今、誰がいて、誰がいないのかまでは判然としないが、私の周囲に転がっている部員たちは皆、一様に同じ格好にされていた。もちろん……私もだ。

「私にも何がどうなったのかは……わからないけど」

何せ唐突過ぎる。情報が不足し過ぎていた。

それでも私たち陸上部員が、何者かに一斉に監禁されたということぐらいはわかる。そして、その何者かが、黒沢先輩たちを誘拐したのと同一人物だということも。

考えるまでもない。この状況で、犯人が別にいると考えるほうがおかしい。

だが、私は今、軽い違和感を覚えていた。

ざっと数えただけで、この場にいるのは十八人。これだけの人数を一度に攫うのは、簡単なことではない。リスクも大きい。島先輩に聞いた内容から推測できる犯人像は、もっと慎重な人物だ。そこに齟齬《そご》を覚えずにはいられなかった。

そうせざるを得ない状況に直面したのだとすれば？　それは一体どういう状況だ？

（……犯人が木島文雄なら）

わずかでも木島と接点があるとすれば……島先輩だろう。

もしかしたら、彼女が事件のことを嗅ぎまわっていることに気付いたのかもしれない……いや、それなら島先輩だけを監禁すれば良いはずだ。

ならば嗅ぎ回っているのが島先輩ではなく、『陸上部員』とだけ把握したのだとすれば……。

そう考えれば、辻褄が合う。

陸上部としか情報のない嗅ぎまわる者を放置するリスクと、陸上部丸ごとの監禁を実行に移すリスクとを天秤にかけた結果、こういう行動に出たということなのだろう。

（だから、木島に近づくなって言ったのに……とんだとばっちりだ）

そこまで考えたところで――

「おう、森部《もりべ》！　起きたか！　島！　森部沙織《さおり》が起きたぞ！」

少し離れた場所から、田代部長のそんな声が聞こえてきた。

「い、いやぁあああっ！　へ、変態ぃぃぃぃぃーッ!?」

続いて悲鳴じみた声を上げたのは一年の森部沙織。長い前髪で目元の隠れた大人しい少女だ。

私が寝転がったまま、身を捩《よじ》って顔を向けた時には、彼女は田代部長の姿を目にして、思いっきり顔を引き攣《つ》らせていた。

「こらこら！　先輩に向かって変態はないだろうが、馬鹿者！」

田代部長が、わずかに苛立《いらだ》った声を漏らす。だが、森部の気持ちもわからなくはない。瞼《まぶた》を開けた途端、目の前にいるのが亀甲縛りの女だったら、普通ならどう考えても変態である。

だが、無情にも田代部長は、森部に事実を突き付けた。

「おまえだって、同じ恰好をしておるのだぞ、森部」

「……へ？」

恐る恐る自分の身体に目を向ける森部、彼女が「ひっ!?」と、声を喉に詰まらせる音が聞こえた。まあ、それはそうだろう。そういう反応になる。

制服のリボンと赤い縄だけを身に着けた卑猥な恰好。そのうえ、後ろ手に縛られていれば。

「せやかて、初ちゃん。ウチから見ても、アンタは変態にしか見えんて」

「なぜだ！　同じ格好ではないか？」

「そんな恰好やのに胡坐《あぐら》かいてるから……『具《ぐ》』丸見えやし」

「具!?　し、仕方ないではないか。この態勢が一番楽なのだから」

部長の隣で壁にもたれかかっていた島先輩が話に割り込んで、部長と緊張感のないやり取りを繰り広げて

いる。この期《ご》に及んで漫才じみたやりとり。肝が据わっているといえば聞こえは良いが、呑気なものだと呆れるしかない。

とはいえ、実際今、できることは何もない。相手の出方を待つしかないのだ。

私は静かに目を閉じる。

言葉の通じる相手ならきっと出し抜けるはずだ。その時まで体力を温存しなければならない。疲れ切って頭が働かないなんてことになったら、目も当てられない。

《了》

あとがき

この度は拙作、監禁王2を御手にとっていただき、誠にありがとうございます。

毎度おなじみ、マサイでございます。

現在は、後々歴史の教科書にも載るであろうコロナ禍の真っ只中、これを書いている時点では六月二十日まで非常事態宣言も延長されておりますが、発売日の六月三十日時点でそれが解除されているのかどうかもわかりません。

非日常も一年以上続くと日常になりつつあり、決して良いことではないですけれど、まさに歴史の真っ只中にいるんだなという気がいたします。

折角なので僕個人としては、百年後ぐらいに文学者が、『コロナで自粛生活を強いられていることのメタファーとしての『監禁王』とか、コロナによる社会的閉塞状況から『監禁王』という作品が流行した』とか、雑な分析が出来てしまうぐらい、この作品が売れてくれるといいなと思います。

いずれにせよ、いつかはこのコロナ禍も過去のものになるのでしょう。その時には、うっ憤晴らしとばかりに経済は好転し、明るい未来がやってくる。こういう時だからこそそういう風に前向きに考えたい。苦しい時には、これは良くなるためのプロセス。そう全力で思い込むのが良いと思います。

さて、話は戻りましてこの監禁王2では、ウェブでいうところの第二章に少しだけ足を踏み入れております。もちろん続刊が出せるかどうかは売れ行き次第ではありますが、次の三巻はその第二章、ウェブで非常に人気の高かった『陸上部集団監禁編』本編となる予定です。

この『陸上部集団監禁編』ですが、登場人物の大半がずっと亀甲縛りという、実に頭のおかしいお話になっております。亀甲量マシマシです。挿絵の絵面大丈夫でしょうか？　今更ながら、ちょっと心配になってみたりもします。

それでは、最後になりましたが、担当のSさま、僕を見出してくださったEさま始め一二三書房の皆さま、一巻に続き、すばらしいイラストをあげてくださったぺい先生、現時点でどこまで情報が出せるのかわからないのでふわっとした物言いになりますが、コミカライズ版に関わってくださっている皆さま、見て見ぬふりをしてくれる家族、友人、一巻をお読みいただいた皆さま、ウェブ版をお読みいただいた皆さま、そこで感想や励ましをくださった皆さま。

そして最後に、この監禁王2をお買い上げくださった貴方に、心から御礼申し上げます。

願わくばお読みいただいた皆さまに、このコロナ禍の閉塞状況を忘れられるぐらいの楽しい時間をご提供できることを祈りながら、巻末のご挨拶とさせていただきます。

マサイ

オルギスノベル
ORGISNOVEL

監禁王❷

2021年6月30日 初版第一刷発行

著 者 マサイ

発行人 長谷川 洋

編集・制作 一二三書房 編集部

発行・発売 株式会社一二三書房
〒101-0003 東京都千代田区一ツ橋2-4-3 光文恒産ビル
03-3265-1881

印刷所 中央精版印刷株式会社

作品の感想、ファンレターをお待ちしております。

〒101-0003 東京都千代田区一ツ橋2-4-3 光文恒産ビル
株式会社一二三書房

マサイ 先生／ぺい 先生

※本書は小説投稿サイト「ノクターンノベルズ - 小説家になろう」（http://noc.syosetu.com/top/top/）に掲載された作品を加筆修正し書籍化したものです。

ISBN 978-4-89199-704-5